Niels Philippsen

Kaffee und Croissants

Niels Philippsen

Kaffee und Croissants

Bibliografische Information Der Deutschen Nationalbibliothek
Die Deutsche Nationalbibliothek verzeichnet diese Publikation in der
Deutschen Nationalbibliografie; detaillierte bibliografische Daten sind im
Internet über http://dnb.ddb.de abrufbar.

© 2009 Niels Philippsen
eMail: Niels.Philippsen@t-online.de
Herstellung und Verlag: Books on Demand GmbH, Norderstedt
ISBN 978-3-8391-3165-7

1. Kapitel

„So eine Schweinerei!"

Benno hatte Iris natürlich schon ankommen gehört. Das letzte Aufheulen des Twingo-Motors auf der Auffahrt, eine Spur heftiger als sonst, war ihm ein Zeichen dafür gewesen, dass sie sich über irgendetwas sehr aufgeregt haben musste. Hoffentlich nicht über ihn. In solchen Momenten beschlich Benno stets ein gewisses Ur-Schuldgefühl, so ein Gefühl, das wahrscheinlich schon die Neanderthaler-Männer gehabt hatten, wenn sie sich faul um das Lagerfeuer räkelten und ihre Frauen zerschunden und zerkratzt vom anstrengenden Beerensammeln zurückkamen. Das Zuschlagen der Haustür, nicht so melodisch wie sonst, war ein zusätzlicher Gefühlsauslöser gewesen.

Iris war natürlich nicht vom Beerensammeln heimgekehrt, sondern von der samstagvormittäglichen Einkaufstour. Diese führte normalerweise ins Ginsberg-City-Center mit seinen zahlreichen Supermärkten verschiedener Güte- und Preisklassen und dann noch auf einen kleinen Abstecher in die Innenstadt, wo es eben den besseren Schlachter gab und vor allen Dingen das kleine Kaffeegeschäft mit der köstlichen Ginsberger Spezialröstung - in der Nähe der Kanzlei von Rechtsanwalt und Notar Dr. Herbert Eisenhuth, in der Iris ihrem wochentäglichen Broterwerb als „Rechtsanwalts- und Notargehilfin" nachzugehen pflegte.

Eigentlich war es schon gang und gäbe, dass Benno und Iris am Samstagvormittag zusammen einkaufen fuhren, aber die letzte Nacht hatte Benno schlecht geschlafen, ein Ermittlungsfall war ihm einfach nicht aus dem Kopf gegangen, und er hatte noch lange im Bett neben der sanft schnarchenden Lebensabschnittsgefährtin (eigentlich war Iris seine *Verlobte*) gegrübelt und war schließlich wieder aufgestanden und hatte sich in sein kleines Büro gesetzt. Dort hatte Benno alle möglichen Theorien vor seinem geistigen Auge vorüberziehen lassen, eingehüllt von den Wolken der ersten Samstagspfeife. Jede neue Theorie geriet aber eine Spur langweiliger als die vorherige, und so war es gekommen, dass Benno schließlich am Schreibtisch eingenickt war und erst um sechs Uhr morgens unsanft erwachte, da sein Schreibtischstuhl aus dem Gleichgewicht geraten und umgefallen war. Dies wiederum war Iris nicht entgangen, und sie hatte den völlig verdutzt auf dem Fußboden liegenden Benno ins Bett gelotst, wo dieser sofort in den endgültig tiefen Schlaf fiel. Iris aber hatte ihr Schlafpensum (Wortspieler würden es mit zwei N schreiben) wohl schon beendet und war darauf verfallen, ihre eigene Nachtruhe für beendet zu erklären. Es gab ja noch einiges zu tun, die Einkäufe, das Wohnzimmer, das Bad, der Flur und ... und ... und ...

Benno war dann mit schlechtem Gewissen erst um kurz nach halb zehn erwacht und hatte sich nach einem oberflächlichen Körperpflegeversuch in seinem flauschigen und kuscheligen dunkelblauen Bademantel an den Küchentisch gesetzt, um noch einigermaßen entspannt oder gar gemütlich zu frühstücken.

Hier und so saß er immer noch, das *Ginsberger Tagblatt* in der einen Hand, ein Brötchen mit Pflaumenmus in der anderen Hand. Sein Ur-Schuldgefühl wurde noch durch die Tatsache gesteigert, dass Iris bereits am frühen Morgen auch noch frische Brötchen geholt hatte.

„So eine Schweinerei!"

Nein, dieser Ausruf hatte glücklicherweise nicht ihm gegolten. Dies zu erkennen war allerdings keine detektivische Meisterleistung, denn Iris kam mit einem Kleid über dem Arm sofort in die Küche hineingestürzt:

„Acht Euro hab' ich bezahlt in der Reinigung, und der Fettfleck ist immer noch nicht raus!"

Das also war es gewesen, was Iris so erregt hatte.

Benno wusste aus Erfahrung, dass sie nichts mehr empören konnte als unkorrektes Geschäftsgebaren in allen Bereichen des Ginsberger Wirtschaftslebens. Der Fettfleck war also immer noch drin, eigentlich wäre das Benno ziemlich schnuppe, wenn nicht ausgerechnet er der Verursacher gewesen wäre.

Beim letzten großen Familien-Kaffeetrinken im Hause seiner Schwiegereltern hatte er aus lauter Nervosität die Schwarzwälder Kirschtorte beim Weiterreichen auf Iris' hübsches, buntes Sommerkleid abstürzen lassen.

„Kein Problem, das kommt in die Reinigung!", waren ihre beruhigenden Worte gewesen, die vielleicht eher der nachmittäglichen Familien-Kaffeerunde gegolten hatten als Benno.

Reinigung, von wegen! Als ob man es nicht geahnt hätte!

Zum Glück schien es ihm Iris nicht persönlich übel zu nehmen, dass der Fettfleck immer noch zu sehen war, obwohl Benno nun mal der schlimme Schuldige war.

Er wischte sein Unbehagen, seine Schuldgefühle und sogar sein hartnäckiges Neanderthaler-Ur-Schuldgefühl beiseite. Schließlich war das ja hier *sein* Haus, geerbt zwar, aber immerhin. Und warum sollte ein hart nachdenkender Mann nicht einmal am Samstagvormittag ausschlafen, ohne gleich davon ein schlechtes Gewissen zu bekommen? Benno setzte noch einen drauf, indem er die Pfeife entzündete, die er in der linken Tasche seines Bademantels eigentlich für den späteren Genuss in seinem Büro bereitgehalten hatte. Iris mochte es nicht besonders gern, wenn er in der Küche rauchte, obwohl sie es nicht ausdrücklich gesagt hatte. Lag wohl auch daran, dass es *sein* Haus war, nicht ihres.

Benno lächelte Iris selbstbewusst an, er stand auf und gab ihr einen schmatzenden Kuss auf die Wange.

„Guten Morgen erstmal, mein Schatz! Und nun zeig' doch mal, was mit dem Kleid los ist!"

Er nahm das bunt gemusterte Sommerkleid, es stand Iris besonders gut und betonte auf angenehme Weise ihre wohlgeratene Figur, und unterzog es einer näheren Untersuchung. Beinahe konnte man den Eindruck gewinnen, dass die Recherche in Textilien eine Spezialität der Detektei Jenssen wäre. Das Kleid war noch zur Hälfte von der dünnen Plastikhülle bedeckt. Benno ging zum Fenster, wobei er es vollständig aus der Folie herauszog und diese dann achtlos unter leichtem statischen Knistern auf den Boden gleiten ließ.

Iris kicherte. Es sah gerade so aus, als wollte Benno sich gleich den Bademantel abstreifen und ihr Kleid anprobieren. Es gab ja solche Männer. Das hatte sie mal im Fernsehen gesehen.

Doch Benno hatte zurzeit kein besonderes Interesse an erotischen Experimenten.

„Tatsächlich", sagte er und hielt das Kleid gegen das Sonnenlicht, das vom Fenster her die traute Szenerie beschien.

„Tatsächlich, der Fleck ist nicht rausgegangen. Das ist natürlich nicht okay, für acht Euro kann man wohl eine etwas bessere Leistung verlangen. Eine Kirschtorte besteht ja wohl nicht aus Stempelfarbe, will ich jedenfalls hoffen."

Iris grinste, sie hatte sich schon wieder abgeregt, und sie hatte Bennos kleine Anspielung auf ihre Sekretärinnen-Tätigkeit in der Kanzlei Dr. Eisenhuth wohl empfangen.

Natürlich, Stempelfarbe wäre das größere Problem gewesen. Aber auch damit hatte sie Erfahrung. Wie oft war es vorgekommen, dass der Chef beim Siegeln mit der Krawatte zwischen Stempel und Urkunde gekommen war, ja, sogar so oft, dass Iris ihm vorgeschlagen hatte, er sollte beruflich doch lieber eine Fliege statt einer Krawatte tragen.

„Aber sag' mal, was ist denn das hier?"

Benno hatte seine Untersuchung noch nicht beendet, sondern sie im Gegenteil akribisch fortgesetzt, als wäre er auf der Spur weiterer Torten-Sünden.

Typisch Mann, jetzt übertrieb er wieder.

Wenn ein Mann erst einmal eine Aufgabe hatte, konnte er nicht einfach wieder aufhören. Iris kannte das ja. Allerdings eher von ihrem Vater und ihrem Bruder, mit so sehr vielen anderen männlichen Wesen hatte sie trotz ihrer mittlerweile 38 Jahre nicht viele Erfahrungen gesammelt. So war es für sie eigentlich immer noch wie eine Abenteuerreise, nach vielen Jahren Quasi-Jungfernschaft mit einem Mann zusammen zu leben. Es gab immer wieder Überraschungen, angenehme und auch unangenehme, meist aber durchaus angenehme.

Jetzt durfte sie Benno jedoch nicht unterbrechen, soweit kannte sie ihn ja schon. Wenn Benno am Nachforschen war, durfte man ihm seinen Köder nicht wegnehmen.

„Du, Iris, ich müsste mich schon sehr täuschen, aber sind das nicht *Blut*flecke?", fragte Benno mit gerunzelter Dackelstirn.

Blutflecke?

Iris wurde rot.

Jetzt ging Benno aber zu weit. Sie hatte weder Nasenbluten gehabt noch ..., nein, das konnte doch gar nicht sein. Das sollte wohl wieder einer von Bennos blöden Witzen werden.

Iris ging aber auch zum Fenster hinüber und betrachtete aufmerksam ihr Kleid.

„Hier", sagte Benno und wies auf einen großen Fleck, ja, der war fast handtellergroß, allerdings nicht besonders gut sichtbar wegen des Stoffmusters, das an dieser Stelle ein dunkles Rot neben einem kräftigen Blau vorgesehen hatte.

Ja, tatsächlich, ein dunkler, eher bräunlicher Fleck. So was!

„Schauen wir mal, ob da noch mehr ist!"

Benno hielt das Kleid wieder gegen das Licht und ließ den Stoff fachmännisch durch seine Hände gleiten, während er aufmerksam nach weiteren Spuren suchte.

„Ja," sagte Iris, „da ist noch was. Hier bei der Naht auf der Innenseite."
Richtig, da war ganz eindeutig ein weiterer Fleck.

Aber warum sollte es ausgerechnet Blut sein? Es könnte doch auch Kakao sein oder vielleicht der verschmierte Rest von einem Stück Schokoladentorte.

Iris überlegte.

Nein, Schokoladentorte hatte es am letzten Sonntag bei Mamma und Pappa nicht gegeben, und Kakao hatte auch niemand getrunken. Aus dem Alter waren sie alle raus.

„Und du bist wirklich sicher, dass es Blut ist?", fragte Iris etwas skeptisch.

„Ich weiß doch wohl, wie eingetrocknetes Blut aussieht", sagte Benno bestimmend.

„Du bist ganz sicher, dass du beim Abtrocknen keine Schlägerei mit deiner Schwester hattest?"

Nein, natürlich nicht, *geschlagen* hatte sich Iris nicht mit ihrer jüngeren Schwester Mechthild, obwohl es aus ihrer Sicht nicht unangebracht gewesen wäre.

Mechthild hatte wieder ein paar ihrer schnippischen Bemerkungen losgelassen, diese kleinen Gemeinheiten, die man nicht dingfest machen konnte.

Das war es, was Iris ärgerte, Mechthild erzählte und erzählte irgendetwas über irgendjemanden, aber Iris wusste genau, dass es auf sie gemünzt war. Zum Beispiel eine belanglose Geschichte über eine ältere Frau in der Firma ihres Mannes, die lange mit einem Mann zusammen gelebt hatte, „in wilder Ehe", und dann hätte dieser Kerl eines Tages genug von ihr gehabt und einfach ihre Sachen in ihrer Abwesenheit in Umzugskartons gestopft und sie einfach vor der Wohnungstür abgestellt. Die Nachbarn hätten dann gefragt: „Ach, ziehen Sie um? Das haben wir ja gar nicht gewusst!" - und so weiter und so fort.

Selbstverständlich war das eine heimtückische Anspielung auf Iris' Verhältnis zu Benno.

Der wunde Punkt war dabei natürlich wieder ausgemacht und getroffen worden:

Touché – würde Benno Iris irgendwann einmal heiraten?

Bisher hatte er sich zu diesem Thema noch nicht besonders klar ausgedrückt – und fragen mochte Iris ihn nicht danach. Dazu war sie wohl etwas zu altmodisch erzogen worden. Aber, wenn sie so darüber nachdachte, wer war denn eigentlich die Altmodischere – sie selbst oder nicht doch eher Mechthild mit ihrem Geseiere von Ehe und Familie?

Aber, wo mochten die Blutflecke denn wohl herkommen?

Iris war sich da keiner Schuld bewusst, aber eine Erklärung konnte sie auch nicht finden. Sie hatte doch das Kleid gleich am nächsten Tag in die Reinigung gebracht, und zwischendurch konnte doch wirklich nichts passiert sein.

Benno hatte wohl auch langsam die Nase voll von diesem Thema. Er ließ das Kleid neben der Spüle liegen, nachdem er sich noch damit beschäftigt hatte, etwas von dem Fleck in kaltem und dann in warmem Wasser auszuwaschen – es hatte dabei so ein paar Farbspuren im fließenden Wasser gegeben – aber konnte man wirklich mit Sicherheit behaupten, es wäre Blut? Das kam Iris doch etwas merkwürdig vor.

Überflüssigerweise wollte Benno noch eine Probe in einem leeren Marmeladenglas aufbewahren und hantierte eifrig und lautstark an der Spüle herum.

Nun reichte es Iris aber langsam.

Sie schlug vor, die Untersuchung und die Debatte zu beenden. Das Kleid würde sie Montag bei der Reinigung reklamieren. Und dann würden ja wohl hoffentlich sämtliche Flecke endgültig beseitigt werden. Was sie auch waren und woher auch immer sie kamen. Und nun müsste endlich die Milch in den Kühlschrank.

Benno nickte verständnisvoll.

Doch dann schlug er vor:

„Lass *mich* das Montag mit der Reinigung erledigen, ich hab' sowieso in der Stadt zu tun."

2. Kapitel

Jolanthe Widderich versuchte ihre aufkommenden Kopfschmerzen zu ignorieren.

Es war an jedem Montagmorgen das gleiche: Kaum war sie zur Tür des Hauptgeschäftes der *Tipptopp-Reinigung* in der Rathausstraße Nummer 25 hereingekommen, schlug ihr schon die typische dicke Luft entgegen, die von den beiden Reinigungsmaschinen hinter der Ladentheke herrührte. Angeblich sollte das alles ja nicht gesundheitsschädlich sein, ja, angeblich! Frau Widderich hatte da ihre möglicherweise berechtigten Zweifel.

Andererseits konnten ihre Kopfschmerzen auch von dem Ärger herrühren, den sie wieder einmal mit ihrem Mann gehabt hatte. Er war Fernfahrer und nur selten zu Hause, aber *wenn* er dann zu Hause war, glaubte er das Kommando haben zu müssen und riss alles an sich. Wenn sie ehrlich war, fühlte sie sich „unter der Woche", wenn sie mit ihren Kindern allein war, doch etwas entspannter.

Ihr Mann war schon um fünf Uhr morgens wieder abgefahren, er hatte noch eine Tour nach Süditalien, und vorher hatte er auch noch auf gewissen ehelichen Pflichten bestanden, so, als ob das zur Vorbereitung einer Fahrt gehörte wie Reifendruck- und Ölstandkontrolle.

Jolanthe hatte wieder einmal alles über sich ergehen lassen, wie immer, und sie hatte ihren Mann mit einer Mischung aus Wehmut und Dankbarkeit darüber, dass er nun endlich wieder fort war, verabschiedet. Mit dem Schlaf war es dann natürlich auch vorbei.

Ihr Chef, Volkert Heynrich, der mit seinem jüngeren Bruder Joachim das Geschäft führte, war heute Morgen auch nicht gerade bester Laune. In der Wochenabrechnung hatte es irgendeinen Fehler gegeben, und Jolanthe musste erst einmal sämtliche Posten durchgehen, bis sie ihrem Chef nachweisen konnte, dass er selbst den Fehler begangen hatte. Und welcher Chef ließ sich schon gern einen Fehler nachweisen, schon gar nicht am Montagmorgen.

Nun ging aber allmählich alles wieder seinen geregelten Gang. Die Maschinen summten und brummten, das Klappern der Büglerin im Nebenraum klang schon fast melodisch, und es waren auch schon einige einigermaßen freundliche Kunden da gewesen, die nach dem Wochenende ein paar Anzüge oder auch mal ein langes Ballkleid zur Reinigung brachten.

Jolanthe hatte alles sicher im Griff.

Die Theke war sauber, die kleinen bunten Zettelchen in dem Kasten neben der Kasse waren frisch sortiert, und sogar die Sicherheitsnadeln in der großen runden Blechdose machten einen geordneten Eindruck.

Da betrat ein Herr den Laden, den sie noch nicht kannte. Er trug ein in die Folie der Tipptopp-Reinigung eingeschlagenes buntes Sommerkleid über dem linken Arm. Das roch nach Reklamation und Ärger. Jolanthe hatte da ihre Erfahrungen. Wenn Männer die Sachen ihrer Frauen zurückbrachten, und das auch noch nach einem Wochenende, hatten sie schon innerlich sämtliche Maßnahmen bis hin zur Gerichtsverhandlung vorgeplant.

Jolanthe blickte den Herrn, der ein heiseres „Guten Morgen!" von sich gegeben hatte, freundlich-verbindlich an, während sie ihn aber aufmerksam musterte. Er schien um die vierzig zu sein, war mittelgroß und kräftig, aber nicht dick, hatte dunkles, volles Haar, das an den Schläfen aber eine Spur grau wurde. Zum Glück war der Herr nicht sonderlich erregt oder gar aufgeladen, sondern eher gelassen und ruhig. Er blickte Jolanthe Widderich seinerseits freundlich an und begann:

„Es ist mir ja sehr unangenehm, aber beim Kleid meiner Frau ist ein Fleck nicht ganz herausgegangen."

Das klang ja recht höflich, und Jolanthe war geneigt, auf „kooperativ" umzuschalten.

Sie nahm dem Herrn das in Folie eingeschlagene Kleid ab, entfernte die Folie und untersuchte aufmerksam den Stoff, den sie Stück für Stück durch ihre Hände gleiten ließ.

„Ja, natürlich, ich seh' schon, da ist ein Fettfleck nicht ganz rausgegangen. Liegt wohl an der neuen Maschine. Oder sie war wohl zu voll. Ja, das erledigen wir natürlich. Ist morgen Nachmittag fertig. Ab 15 Uhr?"

Benno war erleichtert.

Für ihn gab es kaum etwas Unangenehmeres als Reklamationen, und normalerweise hätte er alles auf sich beruhen lassen und wäre nie im Leben zur Reinigung gegangen, schon gar nicht um etwas zu reklamieren, was ihm selbst überhaupt nicht gehörte.

„Ja, das ist mir sehr recht", sprach er.

Dann machte er eine Pause, die Jolanthe Widderich etwas zu lang vorkam.

Komisch. Sie muss die Blutflecke doch gesehen haben. Keine Reaktion darauf.

Sie schaute den Herrn aufmerksam und beinahe auffordernd an.

„Da ist noch etwas," begann dieser wieder, „vor ungefähr zwei Wochen hatte meine Frau hier meine helle Sommerhose abgegeben. So eine aus Baumwolle, beige, wissen Sie. Und da hat meine Frau mir den Abholschein gegeben. Bloß, der ist mir abhanden gekommen, als ich meine Brieftasche aufgeräumt habe. Ist wohl leider im Müll gelandet."

Der Herr tat Jolanthe nun beinahe Leid. War ja mal wieder typisch Mann, denen konnte man eben keine Verantwortung übertragen.

„Vor ungefähr zwei Wochen, sagten Sie? Eine helle Baumwollhose? Wissen Sie vielleicht die Marke und die Größe?"

„Ja, das müsste Größe 48 sein, vielleicht auch 50, ich bin mir da nicht so sicher. Und `ne richtige Markenhose war es eigentlich nicht, eher so eine von Karstadt, hat vielleicht 30 oder 40 Euro gekostet."

„Ich geh' mal nach hinten zu den nicht abgeholten Sachen. Vielleicht finde ich da etwas. Das heißt, sicher werde ich die Hose da finden, denn hier vorn hängt nur alles, was nicht vor länger als zehn Tagen gebracht wurde."

„Ach, Sie sortieren das alles nach Datum?", fragte der Herr interessiert. Er schien ja durchaus eine Menge Zeit zu haben. Vielleicht hatte er ja Urlaub, oder er war arbeitslos. Nein, sicher hatte er Urlaub, irgendwie sah er nicht wie ein Arbeitsloser aus.

Jolanthe wandte sich zur Hintertür und verschwand mit einem „Augenblick, bitte!"

Das hatte ja bestens funktioniert.

Benno war sofort auf die Garderobenständer neben der Theke, die mit Textilien aller Arten und Größen vollgestopft waren, losgestürzt.

Mit einem Blick erkannte er, dass links die älteren Exemplare hingen, die vor etwa einer Woche in die Reinigung gebracht wurden. Hoffentlich waren die Textilien, die am letzten Montag abholbereit waren, noch nicht umsortiert worden auf den Ständer „nicht abgeholt". Dies schien aber nicht der Fall zu sein, denn gleich bei dem ersten Kleidungsstück, dessen er habhaft werden konnte, wurde Benno fündig.

Es handelte sich um ein piekfeines cremefarbenes Dinnerjacket, er hatte gar nicht gewusst, dass man so etwas in Ginsberg zur Schau tragen konnte, auf dessen Rückenteil eindeutige Blutspuren zu sehen waren. Kleine Spritzer zwar nur, aber immerhin. „Nebenan" entdeckte er einen beinahe faustgroßen Fleck mitten auf einem hellblauen Rock, ausgerechnet an einer für die Trägerin sehr peinlichen Stelle. Benno wunderte sich, dass es offensichtlich noch nicht mehr Reklamationen gegeben hatte, aber der Tag war noch jung, das könnte ja alles noch kommen. Und Benno wunderte sich noch mehr darüber, dass es in diesem Institut offenbar keinerlei Endkontrolle gab. Man schien ja sehr auf die absolute Wirksamkeit der gesammelten Reinigungsmaschinerie zu vertrauen.

Er beendete seine textile Inaugenscheinnahme und baute sich wieder adrett vor der Theke auf, wobei er etwas nervös mit den Füßen wippte.

Nun müsste die Verkäuferin, nein, das war wohl das falsche Wort, denn sie verkaufte ja eigentlich gar nichts, wiederkommen.

Es dauerte aber noch ein paar Minuten, während denen Benno die Räumlichkeit der Tipptopp-Reinigung einer beinahe fotografischen Untersuchung unterzog.

Nichts weiter Verdächtiges.

Keine Blutspuren auf dem Fußboden, keine Messer in der Ecke, keine Magnum auf dem Ladentisch.

Eigenartigerweise hing an der Wand des Nebenraumes, die Tür stand offen und es schien sich niemand in diesem Zimmer zu befinden, ein Porträt von Che Guevara, darüber zwei gekreuzte Säbel.

Sehr merkwürdig.

War der Besitzer ein Spät-Achtundsechziger? Ein geläuterter Terrorist gar? Oder litt er einfach nur an galoppierender Geschmacksverwirrung?

Während Benno sich diesen und ähnlichen Gedanken hingab, war die Verkäuferin, pardon, Angestellte (die Besitzerin war es ja wohl nicht) wieder an die Theke gekommen.

„Es tut mir sehr Leid, aber ich habe keine einzige helle Hose gefunden, die in Frage kommen könnte. Nun zwei Paar kurze Hosen und eine mittelbraune Baumwollhose, aber die hat Größe 60, und das kann ja beim besten Willen wohl nicht Ihre Größe sein, abgesehen von der Farbe."

Jolanthe blickte Benno Jenssen ratlos an. „Widderich" las Benno auf dem Namensschild an ihrem hellgrünen Kittel. Das war ihm vorher noch gar nicht aufgefallen. Er beschloss, die freundliche Dame zu erlösen.

„Wissen Sie was, ich frag' meine Frau noch mal. Vielleicht war es ja doch eine andere Hose. Oder eine andere Reinigung, wer weiß?"
Jolanthe Widderich lächelte gequält.
„Übrigens, eigentlich doch ein schöner Arbeitsplatz, den Sie hier haben", bemerkte Benno, nachdem er den neuen Abholzettel für Iris' Kleid entgegengenommen hatte und sich schon zum Gehen umwandte.
„Ja, gewiss", entgegnete Frau Widderich.
„Gefährlich ist es doch wohl nicht hier, oder?"
„Gefährlich? Ich versteh' nicht ganz ..."
„Ja, Unfälle und so. Ich meine, hier kann man sich doch wohl nicht verletzen, nicht wahr?"
Jolanthe Widderich konnte das plötzliche Interesse dieses Herrn für die Sicherheitslage in der Tipptopp-Reinigung zwar nicht ganz nachvollziehen, doch sie rang sich zu einer ernsthaften Antwort durch. Vielleicht wollte der Kunde ja nur reden, vielleicht kam er zu Hause ja nicht zu Wort. Daher sagte sie:
„Nein, richtig gefährlich ist das hier nicht. Es könnten nur mal ein paar ungesunde Dämpfe aus der Maschine austreten. Aber unsere Maschinen sind ja ganz neu. Na, beim Bügeln kann man sich mal verbrennen oder beim Einschweißen der Kleider in Folie. Aber da muss man halt immer aufmerksam sein."
„*Schneiden* kann man sich hier nicht?"
„Schneiden?"
„Ja, schneiden, so dass es *blutet*."
Frau Widderich zögerte mit ihrer Antwort. Dieser Mann wurde ihr langsam doch etwas unangenehm.
„Nein, mit Sicherheit nicht", sagte sie bestimmt.
Benno öffnete die Tür, lächelte nochmals verbindlich und verabschiedete sich mit einem leicht ironischen „Grüß Gott", das ihm als Norddeutschem immer noch nicht in Fleisch und Blut übergegangen war.
Blut.
Zum Glück hatte er noch die Probe des ausgewaschenen Blutes in seinem Büro aufbewahrt.
Dieses Gespräch allerdings hatte ihm aber ganz und gar nicht gefallen.
Diese Frau verbarg doch etwas!
Gerade ihr hätten doch die Flecke geradezu ins Gesicht springen müssen! War es normal, dass man seine Klamotten in der Reinigung in Blut tränken ließ? Das war doch keine Färberei hier! Nein, es musste

einen Grund für diese Flecke geben. Und dieser Grund, so ahnte Benno, war ein Abgrund.

Keine Frage, er *musste* dieser Sache einfach nachgehen.

3. Kapitel

Nachdem Benno das Hauptgeschäft der Tipptopp-Reinigung verlassen hatte (er wusste, dass es noch einige über die Stadt Ginsberg und die umgrenzenden Dörfer verteilte Filialen gab), wurde er von einer inneren Unruhe erfasst, die ihn zunächst rastlos mit ziemlich schnellen Schritten in der noch wenig bevölkerten Fußgängerzone herumwandern ließ.

Es war ja Montagmorgen, einige Geschäfte waren sogar noch geschlossen, und die wenigen Fußgänger, denen er begegnete, schienen auch noch nicht vom großen Konsumrausch ergriffen zu sein.

Allmählich wurden seine Schritte langsamer, und er wurde sich bewusst, dass seine Füße ihn ihrerseits *unbewusst* in die Richtung des kleinen Cafés in der Nähe von St. Ignazius (natürlich eine *katholische* Kirche) gelenkt hatten.

Das *Stadtcafé* (welch origineller Name) war bereits seit acht Uhr geöffnet.

Benno zwängte sich durch die schmale Glastür mit einem weiteren „Grüß Gott!", das ihm diesmal etwas automatischer über die Lippen kam, und suchte seinen Weg entlang des noch etwas kargen Kuchenbuffets in den kleinen und gemütlichen Gastraum, wo er sich an einem Tisch in der Ecke niederließ und zunächst das *Ginsberger Tagblatt*, das er sich im Vorbeigehen gegriffen hatte, in Augenschein nahm.

Er bestellte bei der noch etwas müde wirkenden ungefähr fünfundfünfzigjährigen Serviererin ein Kännchen Kaffee und ein Croissant. Es dauerte etwas, die Kaffeemaschine lief wohl noch nicht auf Volldampf, aber dann wurde ihm das Verlangte gebracht.

Benno war der einzige Gast zu dieser relativ frühen Stunde, und daher brauchte er sich keine Gedanken über die Frage zu machen, was wohl die anderen Gäste von ihm dächten. Denn *dass* sie sich über ihn Gedanken machen würden, das war ihm völlig klar – er würde sich ja auch über die anderen seine Gedanken machen.

Nachdem er das etwas zähe Croissant verspeist hatte, stopfte Benno umständlich seine Montagspfeife und entzündete sie ebenso umständlich mit insgesamt fünf Streichhölzern (das dritte Streichholz war von minderer Qualität, es brach bereits bei der Entnahme aus der Schachtel ab).

Doch nun half keine weitere Verzögerungstaktik mehr, Benno musste mit der schweren Gedankenarbeit beginnen, die zunächst wohl eher eine Art Gefühlsarbeit war. Er sog genießerisch den Rauch seiner Pfeife ein und verwandelte sein Umfeld innerhalb einer Minute in eine Stratocumulus-Wolke.

Stellen wir die Tatsachen fest: Iris bringt ein Kleid mit einem Fettfleck in die Reinigung. Iris holt das Kleid wieder ab – der Fettfleck ist immer noch da und zusätzlich gibt es mindestens zwei deutliche Blutflecke. Meine Untersuchung in der Reinigung hat ergeben, dass auch weitere Kleidungsstücke blutbefleckt sind.
Ich konstatiere: Die Blutflecke stammen aus der Reinigung. Welch ein Widerspruch!
Aber, egal, weiter: Unklar ist zunächst, woher die Blutflecke stammen: Ein Unfall eines Mitarbeiters? Dann hätte man die Kleidungsstücke sofort erneut gereinigt. Ein Mord? Ergibt zunächst keinen Sinn. Die Konkurrenz verunreinigt die Textilien der Tipptopp-Reinigung? Blödsinn. Übrigens, der Kaffee ist nicht schlecht.
Auf jeden Fall: Die Blutflecke scheinen nicht absichtlich auf die Kleidungsstücke verteilt worden zu sein. Damit entfällt die Idee mit der Konkurrenz-Reinigung. Unfall scheidet auch aus. Also doch Mord? Muss es aber gleich Mord sein? Könnte ja auch Körperverletzung gewesen sein. Aber: Wüste Schlägerei in der Reinigung?

Wie er es auch drehte und wendete, Benno fand keine plausible Erklärung für die Blutflecke, die er ja tatsächlich gesehen hatte. (Zwischendurch hatte er auch die Möglichkeit erwogen, er sei von Halluzinationen befallen worden.)
Benno blätterte eifrig das *Ginsberger Tagblatt* durch, aber er konnte keine Hinweise auf unentdeckte Untaten erblicken.
Vielleicht sollte ich einmal bei der Polizei auf den Busch klopfen.
Er stellte sich gerade vor, wie er die Polizeiwache am Rathaus betrat und fröhlich verkündete, in der Tipptopp-Reinigung sei ein Mord geschehen. Und er stellte sich dann auch noch vor, dass die Polizistin Meier 14, mit der er bereits äußerst bittere Erfahrungen gesammelt hatte, hämisch grinsend hinter ihrem Monitor hervorlugen würde, vielleicht mit einer Bemerkung wie „Ach, wieder dieser Herr Jensen (sie sprach seinen Nachnamen natürlich absichtlich falsch aus), was haben

wir denn diesmal für ein Problem? Massenmord im Biergarten vielleicht?"

Nein, so direkt dürfte die Sache nun auch wieder nicht angegangen werden.

Da fiel Benno plötzlich ein, dass es in Ginsberg *einen* einzigen Polizisten gab, der ihm durchaus sympathisch war. Allerdings war er gerade pensioniert worden. Aber was machte das schon. Polizeioberrat Bammel. Pardon, natürlich Polizeioberrat a.D.

Benno konnte sich noch genau daran erinnern, mit welcher Nonchalance Bammel ihm aus einer heiklen Verkehrssache herausgeholfen hatte. Prima Typ, der Bammel. Hoffentlich war er jetzt nicht nach Teneriffa umgezogen.

„Zahlen, bitte! Und das Telefonbuch!"

Die Serviererin schaute erschrocken in den Gastraum, denn diesen energischen Ausruf hätte sie dem frühen Gast nicht zugetraut. Sie sputete sich aber und erschien kurz darauf mit der Rechnung und dem „Örtlichen" von Ginsberg und Umgebung. Benno zahlte, gab sogar ein kleines Trinkgeld, er blieb aber noch an seinem Tisch sitzen. Die Serviererin räumte ab, und Benno hatte bereits die Telefonnummer von Bammel gefunden. Eigentlich erstaunlich, dass ein Polizeioberrat, auch wenn er pensioniert war, überhaupt im Telefonbuch stand. Hatte der denn gar keine Feinde? Vermutlich nicht, so wie Benno ihn einschätzte.

Tatsächlich, da stand „August Bammel, Polizeioberrat, Bebelstr. 46" im *Örtlichen*. Also sogar mit Adresse. Wahrscheinlich würde in der nächsten Auflage noch das „a.D." dazukommen.

Soll ich ihn anrufen oder besser gleich hinfahren? Nicht lange überlegen, lieber gleich hinfahren.

„Aus, Harald!"

Diese Worte rief der freundliche ältere Herr, der aus der Haustür des doppelstöckigen Einfamilienhauses in der Bebelstraße Nummer 46 hervorschaute. Sein Gesicht war zum großen Teil von Rasierschaum bedeckt und er trug eine Cordhose, deren Hosenträger zu beiden Seiten herabhingen, und ein altmodisches Unterhemd mit langen Ärmeln und Knöpfen, das Benno an zahlreiche Wildwestfilme erinnerte.

Er war nach dem Klingeln in respektvollem Abstand vor der geschlossenen Gartenpforte stehen geblieben. Ein Schäferhund von gewaltigem Ausmaß stand ihm zwar schwanzwedelnd, aber dennoch lautstark bellend, auf der anderen Seite der Pforte gegenüber. Nachdem er die Worte seines Herrn vernommen hatte, verzog er sich aber auf die kleine Rasenfläche vor dem Haus und setzte sich in Habacht-Stellung.

„Kommen Sie ruhig rein, junger Mann! Harald tut Ihnen nichts."

Benno kannte solche Äußerungen. Zu Hunden hatte er nicht unbedingt blindes Vertrauen. Da er aber Bammel schon eher glaubte, schob er vorsichtig die Gartenpforte auf und ging beinahe auf Zehenspitzen in Richtung Haustür.

Er wurde vom Hausherrn mit entgegengestreckter Hand erwartet.

„Ach Sie sind's, der Herr ... äh ... Jenssen, nicht wahr? Kommen Sie rein, übrigens, unser Harald ist wirklich harmlos, pensionierter Polizeihund, genauso wie ich, hehe, der hat noch nie jemanden gebissen, nicht mal, wenn er sollte. Dem drohte sogar schon mal ein Disziplinarverfahren deshalb. Konnte im letzten Moment abgewendet werden. Aber, wie gesagt, kommen Sie doch rein. Entschuldigen Sie meinen Aufzug. Ist spät geworden beim Skat gestern Abend."

Benno schüttelte Bammel kräftig die Hand und folgte ihm ins Haus. Glücklicherweise wurde Harald nicht mit hineinkomplimentiert. Bammel streifte sich die Hosenträger über und ging kurz ins Bad, um sich vom Rasierschaum zu befreien.

Gemütliches Haus. Gilt auch für den Bammel.   Keine Ehefrau an Bord?

Er schien Bennos Gedanken erraten zu haben.

„Meine Frau ist ein paar Tage bei ihrer Schwester in Köln. Da bin ich lieber nicht mitgefahren. Muss ja auch mal meine Ruhe haben. Können Sie Kaffee kochen?"

Wie selbstverständlich war Benno dem pensionierten Oberrat in die Küche gefolgt und hatte sich kurz über die örtlichen Zubereitungsmöglichkeiten für den Kaffee orientiert. Er fand alles, und innerhalb kurzer Zeit brodelte und blubberte es anregend in der Kaffeemaschine.

„Wissen Sie, Herr Bammel, ich hab' da ein Problem, das ich mal mit jemandem wie Ihnen besprechen muss", druckste Benno herum.

„Nur heraus damit!" Bammel klopfte Benno aufmunternd auf die Schulter, während er im Küchenschrank nach den Kaffeetassen suchte. Und Benno begann zu erzählen.

Er berichtete zunächst von Iris' schönem Sommerkleid, das offenbar auch Bammels Phantasie anregen konnte, dann von der Reinigung, dem Fettfleck und den Blutflecken, von der kleinen Recherche an diesem Morgen und den Gedanken, die dadurch ausgelöst wurden.

Bammel hörte aufmerksam zu, er grinste und nickte nur hin und wieder. Benno hatte aber den Eindruck, dass er bereits verstanden worden war.

„Ja, mein Lieber," sagte Bammel, während er den Kaffee eingoss, „das ist schon eine etwas seltsame Geschichte. Könnte natürlich eine ganz einfache Erklärung haben, sicher. Aber, aber ... Sie sind ja ein Kriminalist, ein Hercule Poirot vor dem Herrn, wie man hört, Sie haben das gewisse Näschen, nicht wahr, auf das Sie sich schon oft verlassen konnten. Glauben Sie mir, das ist der Instinkt, den man in Ihrem Beruf braucht. Folgen Sie nur Ihrem Instinkt!"

Benno nippte am Kaffee. Hoffentlich war es kein Entkoffeinierter.

„Und Sie meinen auch, da könnte vielleicht doch ein Verbrechen dahinterstecken?", fragte er.

„Sicher, wäre nicht auszuschließen. Warten Sie mal, man müsste herausfinden, ob irgendjemand vermisst wird. Könnte mir vorstellen, dass uns das weiterhelfen würde. Ich werde das mal für Sie feststellen, habe ja noch meine Verbindungen. – Aber, sagen Sie mal, wie geht's denn sonst so? Was haben Sie denn alles so erlebt, seitdem wir uns das letzte Mal getroffen haben?"

Benno blieb nichts übrig als einen detaillierten Bericht seiner beiden spektakulärsten Fälle zu geben:

Erstens: Der Millionen-Betrug in der Stadtsparkasse Ginsberg. Zweitens: Der Mord an Ronald Hargens, dem bekannten Gitarristen.

Bammel sog jedes Wort auf. Es dauerte, aber das war Benno ihm wohl schuldig. Als er zum ersten Mal verstohlen auf die Uhr schielte, war es bereits kurz vor zwölf. Bammel saß immer noch im Unterhemd da, und Benno befürchtete ernsthaft, er könnte sich erkälten, und dann wäre es aus mit der Recherche.

Nach blumenreichen Abschiedsworten wandte sich Benno der Haustür zu. Glücklicherweise begleitete Bammel ihn durch den Garten, vorbei an Harald, der aber diesmal keine Notiz von ihm nahm.

Man kam noch überein, dass der Pensionär Benno „zu gegebener Zeit"
anrufen würde.

4. Kapitel

„Oh, Benno, das duftet ja ganz köstlich!"

Iris war, wie beinahe immer, um genau 17.15 Uhr nach Hause gekommen, nach einem hoffentlich nicht allzu anstrengenden Arbeitstag in der Kanzlei.

Nein, dies schien in der Tat nicht der Fall gewesen zu sein, denn sie wirkte entspannt, es hatte kein hektisches Türaufschließen oder dergleichen gegeben.

Benno hatte seinerseits Kaffee gekocht und auch zwei Stücke Pflaumenkuchen (in Ginsberg „Zwetschgenkuchen" genannt) besorgt. Der Tisch in der Essecke im Wohnzimmer war liebevoll gedeckt, sogar eine Kerze war entzündet, allerdings stand sie etwas schief im Kerzenständer, wie Iris mit einem kurzen Blick feststellte.

Sie sagte aber nichts zu diesem Thema, sondern zeigte sich erfreut über die Begrüßungsüberraschung, die Benno ihr bereitet hatte.

„Ich hab' heute Mittag mein Kleid bei der Reinigung abgeholt. Alles in Ordnung, keine Flecke mehr!", rief Iris, während sie ihre halbhohen schwarzen Schuhe gegen bequeme Hausschuhe eintauschte. Benno schaute ihr bei dieser Tätigkeit zu, mit der Thermoskanne in der Hand. Er betrachtete Iris beinahe mit einer Art Besitzerstolz. In ihrem Sommerkleid, das sie wieder mitgebracht hatte, gefiel sie Benno besonders gut. Allerdings gefiel sie ihm ohne Kleid noch eine Spur besser.

Ihm war es gelegentlich immer noch ein Rätsel, wie ausgerechnet er der Glückliche geworden war, der ihr Herz erobert hatte. Iris, die jetzt in ihrem dunkelblauen Hosenanzug und ihren langen blonden Haaren einfach fabelhaft aussah, ja, da gab es doch im Fernsehen so eine Sprecherin bei der Wettervorhersage im Ersten, die sah so ähnlich aus, Benno kam nicht auf den Namen. War ja auch egal. Hauptsache, Iris sagte bei ihm zu Hause das Wetter an und alles mögliche andere, was vielleicht sonst noch anzusagen war.

Kurze Zeit später saßen sie am Tisch und sprachen dem Kaffee, natürlich der köstlichen Ginsberger Spezialröstung, zu. Iris plauderte über dies und das aus dem Büroleben in der Kanzlei Dr. Eisenhuth, es hatte aber offensichtlich nichts wirklich Aufregendes gegeben.

Auch Bennos Tag war alles andere als nervenaufreibend gewesen. Ein Klient, der ihm den Auftrag erteilt hatte, seine Frau zu beschatten, hatte storniert, weil seine Frau ihm bereits tränenreich ihren angeblich einmaligen Seitensprung gestanden hatte. Also brauchte Benno keine weiteren Beweise zu sammeln. Der Klient hatte noch am Telefon gemeint, sie „würden es noch einmal miteinander versuchen", und Benno möge ihm doch bitte seine Rechnung schicken. Das enthob Benno natürlich zunächst weiterer Gedankenarbeit hinsichtlich des „Seitensprung-Falles", und er hatte sich dann für eine Stunde in sein Büro gesetzt und akribisch eine saftige Rechnung mit Spesen und allen Schikanen geschrieben, wobei er noch überlegt hatte, ob er die fehlenden Schlafstunden wegen nächtlicher Grübeleien nicht als Arbeitsstunden mit doppeltem Nachtaufschlag in Rechnung stellen sollte.

Er unterließ es aber, die Rechnung war auch so schon hoch genug, und Benno hatte sie gleich zum Briefkasten gebracht und dann noch einen längeren Spaziergang unternommen. Obwohl er kein Hundefreund war, wäre es ihm dabei doch etwas angenehmer gewesen, er hätte seinen eigenen Hund ausführen können. Dies schien ihm doch wenigstens eine sinnvolle Tätigkeit zu sein, denn Spazierengehen ohne besonderen Grund kam Benno doch etwas zu müßiggängerisch oder sogar lasterhaft vor. Vielleicht lag es ja daran, dass er aus einer protestantischen Gegend stammte, Niedersachsen, genau genommen Wilhelmshaven mit Vau.

Benno hatte mal irgendwo gelesen, dass es typisch für Protestanten sei, stets sinnvolle und Gewinn bringende Tätigkeiten auszuüben. Dies war ihm vorher noch nie als Problem bewusst geworden, aber seitdem er in einer katholischen Gegend lebte, merkte er doch hier und da an Kleinigkeiten, dass er eben doch etwas „anders" war als die durchschnittliche Bevölkerung von Ginsberg und angrenzenden Gemeinden.

Seltsamerweise waren ihm heute auf seinem Spaziergang einige mittelalterliche Damen begegnet, die lange Stöcke in beiden Händen hielten. Bennos erster Gedanke war gewesen, die Damen wären von der Stadtreinigung Ginsberg oder von der *Nachbarschaftshilfe gegen verunreinigte Wege e.V.*, aber dann wurde ihm klar, dass diese Damen der neuen Trendsportart „Nordic Walking" nachgingen. Obwohl er aus dem Norden war, hatte er zuvor noch nie jemanden gesehen, der sich auf diese Art und Weise fortbewegte. Welcher Unsinn auch gerade neu in Mode kam, sobald ihm nur genug Leute nachgingen, war es eben kein Unsinn mehr, sondern wurde zum Topthema auf Gesundheitsseiten und in Talkshows.

Bennos sozialkritischer Gedankengang wurde dadurch unterbrochen, dass Iris ihm eine weitere Tasse Kaffee einschenkte.

Ihm fiel auf, dass er mal wieder nicht genau zugehört hatte, sie hatte vorher mindestens einen Satz über ihre Familie gesagt, und da klingelten doch normalerweise die Alarmglocken bei ihm.

Benno gab aber nicht zu, dass er unaufmerksam gewesen war, sondern versuchte seine bisherige Unaufmerksamkeit durch nun erheblich besseres Aufpassen wettzumachen.

„ ... müssen auch mal meine Familie einladen, wir waren ja schon mindestens fünf mal zum Essen bei Mamma und Pappa, und einmal zur Party bei Mechthild und Bonifatius ...“ – diese Worte konnte Benno noch in seinen Aufmerksamkeitsspeicher hinüberretten.

Au weia, ein Reizthema!

Iris sprach das Problem an, dass sie doch endlich mal ihre Familie einladen müssten. Es hätte ja auch keine offizielle Verlobungsfeier gegeben und so weiter und so fort.

Benno befiel eine gewisse Beklemmung.

Wenn er an Iris dachte, wurde ihm sehr wohl. Wenn er aber an Iris' *Familie* dachte, wurde ihm sehr unwohl.

Mit Schaudern erinnerte er sich an die letzten familiären Zusammentreffen, die ihm allesamt ziemlich verkrampft vorgekommen waren. Es war ihm auch so erschienen, als würde er von der gesammelten Familie Ehlers beäugt und auf seinen aktuellen Marktwert taxiert werden.

Am schlimmsten war allerdings die Party bei Iris' Schwester gewesen.

Mechthild Ehlers-Wangenberg, Frau des Fuhrunternehmers Bonifatius Wangenberg, dessen zahlreiche Kühllastwagen zwischen dem Nordkap und Sizilien unterwegs waren.

Es war an Mechthilds 31. Geburtstag, und Benno trat gleich in das erste Fettnäpfchen, indem er ihr versicherte, sie sähe doch noch keinesfalls wie 35 aus. Peng. Weitere Näpfchen folgten, und Bennos Gesamteindruck dieser Feier war, dass sich hier nur jemand (dieser Jemand war natürlich Mechthild) zur Schau stellen wollte und die Gäste zu dem Zweck eingeladen hatte, dass sie eine passende Hintergrundkulisse zu besagter Zurschaustellung abliefern sollten. Wehe dem, der Mechthild nicht huldigte oder sie bewunderte.

Und diese Mischpoke sollte nun in seinem gemütlichen Heim herumtrampeln?

Benno sagte aber nichts. Er wollte fair bleiben, Iris konnte ja nichts für ihre Familie. Und er wusste ja auch, dass sie es nicht leicht hatte. Ihre Eltern hätten es mit Sicherheit lieber gesehen, wenn Benno auch katholisch gewesen wäre.

Aber Benno befürchtete insgeheim, dass *Iris* es auch lieber sähe, wenn er ein Katholik wäre. Auch so ein Thema, das unausgesprochen im Raum lag. Genauso wie das Thema Heiraten. Aber da war ja gerade der Zusammenhang, würde man über das Heiraten sprechen, käme man unweigerlich auf das Thema kirchliche Trauung, und da käme für Iris bestimmt nur so etwas Katholisches mit Kerzen, Weihwasser und allen Schikanen in Frage.

Benno erschauerte.

Hier stand, pardon, saß er nun, er konnte nicht anders. Er war eben so ein Evangelischer, obwohl er praktisch keinen Gebrauch davon machte, wie die meisten seiner Glaubensgenossen.

Iris schien seine Befindlichkeit erspürt zu haben. Sie holte den Aschenbecher vom Couchtisch und forderte Benno freundlich auf: „Komm, zünde dir deine Friedenspfeife an. So schlimm wird es ja auch nicht werden. Wir können doch einfach mal alle in einem Aufwasch am übernächsten Sonntag zum Kaffee einladen, die paar Stunden wirst du schon überleben. Und glaub' ja nicht, dass *ich* besonders heiß darauf bin!"

„Ist schon okay, Iris", sprach Benno und entzündete seine Mittwochspfeife.

Als er gerade den letzten Schluck Kaffee austrank, klingelte das Telefon.

„Ist bestimmt für mich! Ich geh' nach oben ins Büro!"

„Ja, Jenssen, Ermittlungen, Überwachungen?"

„Bammel, August Bammel. Herr Jenssen, Sie haben bestimmt schon auf meinen Anruf gewartet!"

Natürlich hatte Benno auf Bammels Anruf gewartet. Er hatte sogar schon überlegt, ob er nicht selbst mal anrufen sollte.

„Nein, nein, ich bin noch gar nicht dazu gekommen, darüber nachzudenken. Habe im Moment alle Hände voll zu tun!"

„Na schön, aber ich habe etwas für Sie, was sie vielleicht interessieren könnte. Ich habe Ihnen ja gesagt, ich hätte da noch meine Verbindungen. Das war nicht nur so dahergesagt. Als ich mein Amt meinem

Nachfolger, Oberrat Schnittger, in die Hände gelegt habe, haben wir vereinbart, dass wir noch kollegial in Kontakt bleiben. Guter Mann, übrigens, der Schnittger. Habe ihn selbst vorgeschlagen. Er ruft mich öfter mal an, und ich gehe einmal in der Woche in die Inspektion, und da bereden wir noch dies und das. Sie können sich vorstellen, da gibt es eine Menge zu besprechen, wenn man eine neue Verantwortung übertragen bekommen hat."

Benno konnte es sich eigentlich nicht vorstellen. Aber er wollte Bammel nicht unterbrechen.

„Ich war also gestern bei ihm und habe mal gefragt, was es so an neuen Fällen gibt. Wissen Sie, uns interessiert ja vor allem, ob irgendjemand vermisst wird."

Benno platzte nun beinahe vor Neugierde. Er ließ Bammel aber weiterreden.

„Und wirklich: Seit ungefähr einer Woche wird der Stadtrat Friedensreich Sowieso vermisst. Der heißt übrigens tatsächlich *Sowieso* mit Nachnamen. Unglaublich, was? Als ob der Ärmste mit seinem Vornamen nicht schon genug gestraft wäre."

Seit er sich in Ginsberg befand, wunderten Benno allerdings überhaupt keine merkwürdigen Nachnamen mehr. Diesen Gefallen konnte er Bammel leider nicht tun. Der Oberrat a.D. fuhr daher fort:

„Am 15. September erschien die Frau Sowieso auf der Polizeiwache und teilte mit, ihr Mann wäre am Abend zuvor nicht heimgekommen. Sie könnte es sich gar nicht erklären und so weiter. Naja, Sie wissen ja, eine Vermisstenanzeige wird erst nach 24 Stunden aufgenommen, und es kommt ja vor, dass mal einer irgendwo gründlich versackt ist. Aber am nächsten Tag kam die Frau wieder, ihr Mann wäre immer noch nicht aufgetaucht. Ja, und seitdem gilt er natürlich als offiziell vermisst."

„Also, seit Donnerstag, dem 16. September, ist der Sowieso als vermisst gemeldet", sagte Benno, nachdem er einen Blick auf seinen Wandkalender geworfen hatte.

„Ja, genau. Und seitdem haben wir kein Lebenszeichen von ihm, heute ist der 22., also seit gut einer Woche ist der Mann abgetaucht, wie vom Erdboden verschwunden."

„Irgendwelche Spuren?"

„Keine, und das Auto stand beziehungsweise steht noch in der Tiefgarage vom Rathaus. Sonst keine Notizen in seinem Büro, keine Termine im Kalender, kein nichts."

„Das ist wirklich mehr als nur merkwürdig."

Benno versuchte nachzudenken. Er zündete ein Streichholz an.

„Sie sollten nicht so viel rauchen, Herr Jenssen. Übrigens, es gibt da ein paar Gerüchte. Aber alles inoffiziell, nur vom Hörensagen her. Nicht mal meine ehemaligen Kollegen ermitteln in diese Richtung. Man munkelt, es hätte in der Ehe gekriselt, und Sowieso wäre ein häufiger Besucher von zweifelhaften Etablissements gewesen."

„Zweifelhafte Etab...?"

„Puffs, junger Mann. Oder sagt man Püffe? Glauben Sie nicht, dass es so was nicht auch in Ginsberg gäbe."

Benno hatte angebissen. Das war doch was. Eine kleine Spur zwar, aber immerhin überhaupt eine Spur. Und die Ermittlungen versprachen ja diesmal ganz interessant zu werden.

5. Kapitel

So ein Sauwetter!

Dabei hatte die äußerst hübsche Dame von der Wettervorhersage im Ersten doch eigentlich wolkenlosen Himmel in ganz Hessen verkündet. Benno beschloss, ihr deshalb nicht gram zu sein, ihre Ähnlichkeit mit Iris war halt zu groß dafür.

Er war am Spätnachmittag noch kurz zu seiner Bank, der *Ginsberger Spar- und Darlehnskasse* am Marktplatz, gefahren, um sich einen Kontoauszug zu holen.

Der Kontostand machte einen erfreulich ausgeglichenen Eindruck, der so gar nicht zum Wetter passte. Es schüttete gerade wie aus Eimern, und Benno musste die Hochleistungsstufe der Scheibenwischer seines gelben Citroën-Lieferwagens, den er halbzärtlich „Zitrone" nannte, auf Dauerbetrieb schalten. Von der Straße war kaum noch etwas zu sehen, und das Rot der Verkehrsampel war verwischt wie auf einem expressionistischen Gemälde.

Benno gab sich insgeheim zwei Punkte, weil ihm der Expressionismus eingefallen war. Es konnte natürlich auch der Impressionismus gewesen sein, so sicher war er sich da nicht. Emma und Anna, seine beiden Schwestern, Zwillinge, hätten es natürlich gewusst. Aber sie waren ja auch Lehrerinnen, da durfte man schon so etwas erwarten.

Der Ex- oder Impressionismus hatte auf Grün geschaltet, und Benno fuhr wieder langsam an.

Da erblickte er an einer Bushaltestelle die Silhouette einer ihm bekannten Person. Natürlich, das war ja der Oberrat Bammel! Benno lenkte die Zitrone in die Haltebucht und kurbelte die rechte Scheibe herunter.

„Herr Bammel! Kommen Sie, steigen Sie ein!"

Bammel lächelte so erfreut, wie es die Nässe in seinem Gesicht zuließ. Erst jetzt bemerkte Benno, dass der Pensionär nicht allein war. Harald hatte sich hinter seinem Herrn in den Wind- bzw. Regenschatten gestellt und lugte nun vorsichtig zwischen Bammels Beinen hindurch.

„Der Hund muss nach hinten!"

Auch das noch, jetzt musste Benno kurz aussteigen und die Heckklappe öffnen.

Harald schien ihn erkannt zu haben, denn er wedelte lebhaft mit dem Schwanz. Leider so lebhaft, dass Benno den gesamten Schwanzinhalt in Form von Regenwasser ins Gesicht bekam. „Nun mach' schön Sitz oder wie das heißt!", rief Benno dem Schäferhund zu und schloss die Heckklappe. Dann rettete er sich auf den Fahrersitz, Bammel hatte schon seinen Platz auf dem Beifahrersitz eingenommen.

„Sie sind meine Rettung, Herr Jenssen! Ohne Sie wäre ich das Opfer einer Lungenentzündung geworden. Kein Regenschirm dabei, kein nichts. Aber wer konnte auch mit so einem Wetter rechnen!"

Benno hatte den ersten Gang eingelegt und ordnete sich wieder vorsichtig in den fließenden, im besten Sinne des Wortes fließenden, Verkehr ein. Wie ein Taxifahrer fragte er: „Bebelstraße?"

Bammel nickte und löste damit eine weitere Wasserlawine aus, die ihm über beide Augen troff. Der Regen prasselte immer noch heftig auf das Autodach, und der Verkehr schob sich mit unterdurchschnittlicher Geschwindigkeit dahin.

„War nur mal kurz in der Stadt," meinte Bammel, „ein paar Einkäufe machen. Nehme dann gern den Bus, wir Pensionäre brauchen Bewegung. Übrigens – was machen die Ermittlungen?"

Ein gutes Stichwort, Benno hätte *sowieso* (ja, gerade dieses Wort schien zu passen) in den nächsten Tagen den pensionierten Oberrat zu einem kleinen Fachgespräch aufgesucht. Er meinte, so recht wäre er mit seinen Gedanken nicht weiter gekommen, man müsste vielleicht den ganzen Fall, falls es einer war, von Grund auf neu durchdenken.

Bammel nahm diese Äußerung erfreut zur Kenntnis, er hätte jetzt nichts weiter vor außer trocken zu werden, und dabei könnte der Herr Jenssen ihm doch etwas Gesellschaft leisten. Ein Heißgetränk ließe sich sicher auch finden.

Benno nahm die Einladung gern an, obwohl er kurz überlegte, was wohl Iris dazu sagen würde. Aber – dies war sozusagen beruflich, und der Beruf ging nun mal vor.

Wenn Benno ermittlungsmäßig unterwegs war, hatte er von Haus aus freie Hand und Prokura. Er würde es Iris später ja erklären können.

Sie waren mittlerweile an Bammels Haus angekommen und machten sich schnellstmöglich auf den Weg in die schützenden Innenräume. Es störte Benno nun nicht mehr, dass Harald mit ins Haus gekommen war. Dies war in der Tat kein Wetter dafür, dass man irgendeinen Hund vor die Tür jagte. Außerdem schien der pensionierte Schäferhund einige Gemeinsamkeiten mit seinem Herrchen zu haben.

Harald schüttelte sich kräftig im Flur aus, Bammel verschwand kurz im Badezimmer und kehrte anschließend in einem gestreiften dunkelgrünen Bademantel zurück, dessen Herstellungsjahr Benno auf 1958 schätzte.

Frau Bammel schien immer noch in Köln zu weilen.

„Kann ich Ihnen auch einen Bademantel anbieten?", fragte Bammel.

Benno schüttelte den Kopf. „Nein danke, es geht schon so. Sie sind ja wesentlich länger im Regen gewesen als ich!"

Sie gingen ins Wohnzimmer, und Bammel drehte die Heizung bis zum Anschlag auf.

„Was halten Sie von einem Grog?"

Benno hatte nichts dagegen, und auch Harald gab kurz erfreut Laut.

„Nein – nicht für dich!", sprach Bammel.

Nachdem das Wasser in der Küche gekocht hatte, setzte man sich an den runden Tisch im Wohnzimmer, dem man irgendwie ansehen konnte, dass er schon zahlreiche Skatabende überlebt hatte. Benno schenkte sich das halbe Glas voll Rum und nahm zwei Zuckerstücke.

„Donnerwetter, junger Mann!"

„Ich komme von der Küste. Da trinkt mancher den Grog ganz ohne Wasser."

Bammel schien über diesen Aspekt nachdenken zu müssen.

„Na, dann prost!"

„Prosit!"

Es folgte ein Gespräch, bei dem Benno zunächst der Referierende war, und Bammel und Harald waren die aufmerksam-interessierten Zuhörer. Er berichtete nochmals in allen Einzelheiten von den Blutflecken auf Iris' Kleid, von den Blutflecken auf weiteren Textilien in der Tipptopp-Reinigung und kam dann auf den schwierigen Gedankengang zu sprechen, wie man das Verschwinden des Stadtrats Sowieso damit in Zusammenhang bringen könnte.

„Es muss ja nichts miteinander zu tun haben, Herr Jenssen. Aber, wie gesagt, es könnte. Ausschließen kann man zunächst gar nichts. Man müsste das näher untersuchen. Das heißt natürlich, dass man einmal mehr in Erfahrung bringen müsste hinsichtlich der Person des Stadtrats Sowieso, andererseits hinsichtlich der Aktivitäten in der Tipptopp-Reinigung."

„Wissen Sie denn nicht irgendetwas Genaueres über den Sowieso? Ich meine, Sie haben doch von seinen Besuchen in zweifelhaften ..."

„Puffs ..."

„... gesprochen."

Benno schaute Bammel durch den Grogdunst, der aus seinem Glas aufstieg, an.

„Also, das sind natürlich keine abgesicherten Erkenntnisse. Ich höre nur hier und da das eine oder andere. Im Ruderklub zum Beispiel. Oder bei meinen Skatabenden. Da wird natürlich viel geklatscht. Es soll ungefähr so sein: In der Ehe von Sowieso kriselt es seit Jahren. Weshalb die beiden nicht auseinander gegangen sind, entzieht sich meiner Kenntnis. Sowieso soll mal ein Verhältnis mit seiner Sekretärin gehabt haben, und dann soll er häufig auch mit ein paar Kollegen vom Rathaus umhergezogen sein ...“

„ ... auch in die Puffs oder Püffe?“

„Ja, so sagt man. Kann natürlich auch böswilliges Gerede sein, das alles. Andererseits: Es gibt hier so einige verschwiegene Etablissements. Ohne Kundschaft würden die wohl kaum überleben. Legal, halb legal und illegal. Die Kollegen von der Sitte haben auf den Betriebsausflügen manchmal die dollsten Dinger erzählt.“

„Sagen Sie, Herr Bammel, in welchem Amt ist – oder war – denn dieser Sowieso tätig?“

„Stadtbauamt. Habe ich das noch nicht gesagt? Ja, Bauamt. Ich ahne, worauf Sie hinauswollen: Bestechung, Schmiergelder und so weiter. Habe ich auch schon dran gedacht. Vorteilsnahme im Amt und so weiter und so fort. Aber das alles bringt uns den Mann ja auch nicht zurück ans Tageslicht.“

„Nun mal ganz ehrlich,“ meinte Benno, „was glauben Sie? Ist der Sowieso tot oder ist er vielleicht nur freiwillig abgetaucht?“

Bammel rührte nachdenklich in seinem Glas.

„Ich habe keine Ahnung“, sagte er schließlich ziemlich kleinlaut.

„Und die Kollegen von der Polizei?“

„Na, die machen das, was in solchen Fällen angesagt ist: Eine neue Akte anlegen, die Ehefrau befragen, die Kollegen befragen, abwarten. Aktive Fahndung kann man das nicht gerade nennen. Aber: Es gibt für die Polizei ja auch keine Anhaltspunkte für ein Verbrechen. Noch einen Grog?“

Einen konnte Benno noch vertragen.

„Übrigens – ich heiße August.“

Das kam ja sehr überraschend.

„Ich bin Benno!“

„Prost, Benno!“

„Prost, August!"

Das war ja eine Szene von beinahe norddeutscher Herzlichkeit. Im Laufe der nächsten Stunde kam man überein, im „Fall Sowieso" zusammenzuarbeiten. August würde als eine Art Seniorpartner auf gewisse Zeit in der Detektei Jenssen einsteigen, bis der Fall entweder geklärt oder sich in Luft aufgelöst hätte. August Bammel versicherte mehrmals, ein Pensionär brauche Bewegung, und vielleicht fiele ja auch etwas Bewegung für Harald mit ab dabei. Und ob körperliche oder geistige Bewegung, das sei ihm völlig egal. Und wegen des Honorars sollte sich Benno nur keine Gedanken machen, August beziehe eine anständige und ausreichende Pension. Ein bisschen Arbeit nebenbei würde ihn allenfalls frisch halten.

Benno fand innige Worte des Danks für Augusts Bereitschaft und versicherte ihm, dass auch Harald nicht unberücksichtigt bleiben würde.

Er hätte da auch schon eine Idee.

6. Kapitel

Wie konnte ich das nur vergessen!
Benno stellte die Zitrone an der Straße vor seinem Haus ab, denn die Auffahrt war von einem VW-Bus mit Bremer Kennzeichen blockiert.
Er fasste sich an den Kopf – natürlich, heute wollten ja Anna und Emma, seine geliebten Schwestern, plus eine gewisse Maria Magdalena Knopf zu Besuch kommen.
Für einige Tage oder für unbestimmte Zeit, wie auch immer. Nein, diesmal hatten sie keine Ferien (nach Bennos Ansicht hatten seine Schwestern eigentlich fast immer Ferien, was zu lebhaften Diskussionen Anlass gab).
Anna, Emma und die besagte Frau Knopf hatten ein so genanntes „Sabbath-Jahr" genommen, ein unbezahltes, aber völlig freies Jahr, das einerseits dazu diente, die Kassen des Landes Bremen zu entlasten, andererseits aber zum Boxenstopp für ausgepowerte Lehrkräfte gut sein sollte. Seine Zwillingsschwestern (sie waren die Zwillinge, nicht er, sonst wären sie ja Drillinge gewesen, was sicher auch ganz putzig gewesen wäre) hatten sich auf die Idee versteift, eine nationale, wenn nicht gar internationale Karriere als Sängerinnen zu starten. Dazu brauchten sie auch eine pianistische Begleitung, die sich in der Person dieser gewissen Maria Magdalena Knopf gefunden hatte, die ebenfalls Lehrerin war (an Annas Schule, dem *Gymnasium Harburger Straße* in Bremen) und die – wie Benno den nicht ganz unsicheren Eindruck hatte – ebenfalls Stammgast (oder sagte man hier -gästin?) auf der wunderschönen griechischen Insel Lesbos war.
Im Klartext: Auch sie war offensichtlich *vom anderen Ufer*, wie Iris sich ausdrücken würde, und dieses Prädikat traf auf seine Schwestern natürlich ganz besonders zu.
Zu der Idee einer Gesangskarriere war man gekommen, als Anna, Emma und Iris beim Sommerfest der Polizeigewerkschaft in Hannover einen unerwarteten Erfolg durch ihre Gesangsbeiträge erlangt hatten. Nicht nur das Publikum, sondern auch die Musiker des Polizeiorchesters Hannover waren derart hingerissen gewesen, dass sich der unerwartete Erfolg bald herumgesprochen hatte und darin gipfelte, dass eine Hannoveraner Produktionsfirma mit dem bezeichnenden neudeutschen Namen *Last Exit Productions* sie unter ihre Fittiche genommen hatte.

Anna und Emma waren darauf hellauf begeistert und konnten auch Maria Magdalena Knopf mit in ihr Boot ziehen, Iris war allerdings eher skeptisch geblieben und hatte ihrer großen Chance einen Korb gegeben.

So war man übereingekommen, das Gesangsprojekt nur noch als Duo mit Begleitung durch Maria durchzuziehen, wozu dann auch die Produktionsfirma bereit gewesen war.

Nein, es waren noch keine CDs der Damen erschienen, man hatte sich auch noch auf keinen anderen Namen als *Mystic Girls* einigen können, aber man bastelte eifrig an der Karriere.

Vor einigen Wochen hatte Emma (es könnte auch Anna gewesen sein) angefragt, ob das Trio nicht einige Tage in Ginsberg zu einer Art schöpferischer Freizeit auftauchen könnte, man wollte nur etwas üben und vielleicht ein paar neue Lieder einstudieren oder eventuell sogar selbst einige schreiben. Iris, die in der Tat auch sehr musikalisch war und über eine hervorragende Stimme verfügte, könnte ja auch ein bisschen mitmachen, wenn sie schon nicht als Dritte (bzw. Vierte) im Bunde dabei sein wollte. Sie war mit dem Besuch durch die Damen aus Bremen einverstanden gewesen und zeigte auch eindeutig ihre Vorfreude auf das Wiedersehen mit Anna und Emma.

Benno hatte sich auch sehr auf seine Schwestern gefreut, allerdings mit der Einschränkung, dass er doch befürchtete, bei all ihren musikalischen Aktivitäten hätten sie vielleicht nur noch wenig Zeit für ihn.

Die noch schlimmere Befürchtung war, dass er die gesammelten Damen als eine Art Catering-Service vielleicht ständig mit Getränken und Speisen umhegen müsste.

Nein, wie hatte er das nur vergessen können! Nun stand er auf der Auffahrt neben dem Bremer VW-Bus und hatte noch etwas mit seinem schlechten Gewissen zu kämpfen, weil er gerade drei steife Grogs bei August Bammel vernascht hatte. Das waren nach seinen Berechnungen mindestens 1,1 Promille. Wäre er erwischt worden, hätte er seinen Führerschein vergessen können.

Aber irgendwie war es ihm absurd vorgekommen, nach einem kleinen Umtrunk bei der Polizei (in Form des pensionierten Oberrats Bammel) ausgerechnet von derselben Polizei hochgenommen zu werden.

Nein, nichts dergleichen war geschehen, und nicht einmal Wachtmeisterin Meier 14 C hatte ihm hinter einer Litfaßsäule aufgelauert.

Benno atmete tief ein und schloss die Haustür auf.

„Hallo, ihr Lieben! Hört mich denn keiner?"

Anna und Emma kamen aus dem Wohnzimmer herangestürmt. Sie sahen gut aus, wie immer, und sie hatten beide etwas abgenommen, wahrscheinlich gehörte das auch zu ihrer Karriere-Strategie. Nach der stürmischen Begrüßung wurde ihm Maria Magdalena Knopf vorgestellt, wobei man sich gleich auf „Benno" und „Maria" verständigte. Maria war ungefähr Anfang 40, recht klein, hatte kurzes schwarzes Haar und einen ziemlich breiten Mund, wie Benno fand. Irgendwie erinnerte sie ihn an Mick Jagger. Oder, besser gesagt, an Steven Tyler. Ihr schwarzer Pullover war für Bennos Geschmack ein bisschen zu kurz und ließ den oberen Rand einer etwas verschossenen hautfarbenen Miederhose erblicken, ein Eindruck, den er zunächst noch innerlich verarbeiten musste.

„Benno, komm `rein ins Wohnzimmer," sagte Iris, „wir trinken gerade ein paar Fläschchen *Ginsberger Nachtschattenberg*. Und nachher kommt der Pizzadienst."

Welch erfreulicher Umstand.

Er brauchte sich also über eventuell anfallende Küchenarbeit zunächst keine Gedanken zu machen.

Benno machte es sich auf dem Sofa gemütlich, er erhielt ein Glas von Emma oder Anna, er entzündete seine Donnerstagspfeife, die er bei August Bammel wegen dessen kritischer Bemerkung über das Rauchen nicht anzubrennen gewagt hatte, und lehnte sich entspannt zurück. Nun durften ihn die anderen mal ein bisschen unterhalten.

Zunächst griff er nicht ins muntere Gespräch ein und nippte nur hin und wieder an seinem Weinglas. Es ging wohl im Moment um die Frage, wer wo schlafen würde. Benno war das ziemlich egal. Hauptsache, es wurden keine weiteren Damen in sein Schlafzimmer einquartiert.

Mit wem hatte die Knopf wohl was? Eher mit Emma oder mit Anna? Oder etwa mit beiden?

Benno kannte seine Schwestern ja.

Im Grunde genommen konnte ihn nichts mehr überraschen.

„Und ihr wollt wirklich Vollprofis werden?", fragte er schließlich etwas anzüglich.

„Wer sagt denn so was?", meinte Anna. „Wir wollen es halt mal ausprobieren, ein bisschen Bühnenluft schnuppern, vielleicht kriegen wir ja auch eine CD zusammen. Immerhin haben wir ja schon einen Produzenten. Wenn es klappt – okay, toll. Wenn es *nicht* klappt, gehen wir eben reumütig in die Penne zurück und haben dann immerhin ein tolles Jahr hinter uns."

„Bei eurer Begabung", schaltete sich Maria ein, „würde es mich eher wundern, wenn es nicht klappt. Ihr habt super Stimmen und ein tolles Gefühl für das Timing. Und es gibt jede Menge Lieder, Songs und Chansons, die für euch wie gemacht sind."

Benno hoffte insgeheim, dass Maria denn auch eine einigermaßen begabte Pianistin wäre.

„Und wie wollt ihr hier üben? Wir haben kein Klavier und erst recht keinen Flügel!", warf Benno ein.

„Kein Problem," meinte Emma, „wir haben alles an Bord: Keyboard, Mikros, Gesangsanlage und so weiter. Alles billig aus dem Nachlass von Ronald Hargens erworben."

„Na dann ...", meinte Benno.

„Na dann prost!", setzte Iris fort. „Ihr könnt alles im Partykeller aufbauen."

Benno wusste bisher eigentlich nichts von einem „Partykeller". Na schön, das Haus hatte einen Keller, er wäre aber trotzdem nie auf die Idee gekommen, ihn als Partykeller zu bezeichnen. Naja, so total ungemütlich war es da unten ja auch nicht. Okay, Hauptsache, das Wohnzimmer war nicht ständig belegt.

„Aber macht nicht solchen Krach, ihr Lieben, ja, sonst kriege ich es mit den Nachbarn zu tun!"

„Wir sind doch keine Rockband, sondern kultivierte Endvierzigerinnen", sagte Anna. „Du, Iris, es hat geklingelt. Ich glaube, der Pizzamann ist da!"

7. Kapitel

Benno war ausnahmsweise hellwach am frühen Morgen. Der gestrige Abend hatte noch lange gedauert, man hatte noch manche Flasche des köstlichen Nachtschattenbergs vertilgt und einander viel erzählt.

Auch Steven Tyler, pardon, Maria, war noch weiter aufgetaut und hatte ein paar Geschichten aus dem Leben einer Musiklehrerin zum Besten gegeben.

Sie schien übrigens durchaus kompetent zu sein, denn sie hatte schon den einen oder anderen Chor geleitet, nicht nur an der Volkshochschule Bremen-Wummensiede.

Es hatte da wohl auch einmal ein Techtelmechtel mit einem bekannten Jazzmusiker gegeben, sie deutete das so an, dass man geneigt war nachzufragen, aber niemand fragte nach. Danach – vermutete Benno – hatte sie wohl enttäuscht die Seiten gewechselt und war auf Musikerinnen umgestiegen.

Die Bremer Damen waren in diversen Zimmern untergebracht, wer nun mit wem, das entzog sich Bennos Kenntnis, und er wollte es eigentlich auch nicht so ganz genau wissen.

Iris hatte sich gewundert, dass er heute Morgen mit ihr zusammen aufgestanden war, aber er hatte gemeint, die Pflicht würde rufen, es gäbe da einen neuen Fall, und er müsste erst einmal in aller Morgenruhe darüber nachdenken.

Nach dem Frühstück war Iris mit ihrem Twingo in Richtung Kanzlei Dr. Eisenhuth davongerauscht. Spät in der Nacht hatte man noch einmal mit den Fahrzeugen rangieren müssen, denn sonst wäre Iris' Auto heute Morgen vom Musikantinnen-Bus zugeparkt gewesen. Zum Glück gab es während der Rangiererei keine Polizeikontrolle, sonst hätten sie wohl alle zusammen die letzte Nacht in der Ginsberger Ausnüchterungszelle verbringen müssen.

Nun war Iris fort, und Benno beschloss, die Bremerinnen nicht allzu früh oder vielleicht auch gar nicht zu wecken. Er goss sich den letzten Kaffee in seinen Becher und ging hinauf in sein kleines Büro, das glücklicherweise weder von Emma noch von Anna oder Mick Jagger belegt war. Er setzte sich an den Schreibtisch und griff zur Freitagspfeife. Nachdem er sie entzündet hatte, gingen ihm wieder seine bisher noch etwas ungeordneten Gedanken zum Fall Sowieso durch den Kopf.

Er hatte August Bammel versprochen, ihn einzubinden und sogar Harald.

Dazu hatte er gestern doch noch eine Idee gehabt ... Hoffentlich war der Einfall nicht im Ginsberger Nachtschattenberg ertränkt worden.

Benno sog heftig an seiner Pfeife.

Doch, da dämmerte es ihm wieder.

Allerdings erforderte die nächste Aktion eine gewisse Verkleidung.

Im Schlafzimmer, das noch nicht gelüftet war, stand Benno einen Moment vor „seinem" Schrank und überprüfte die Anzüge. Viele waren es ja nicht gerade, aber halt, der graue, der müsste gehen. Dazu ein hellblaues Hemd und eine unpassende Krawatte. Super, nun sah er geschmacklos genug aus.

„Stadtrat Friedensreich Sowieso, Vorzimmer – Meier, Ang." las Benno auf dem Türschild in der sechsten Etage des Ginsberger Rathauses.

Ob „Ang." nun *Angestellter* oder *Angestellte* bedeuteten sollte, würde er gleich feststellen. Hauptsache, er würde nun nicht gleich mit der Polizistin Meier konfrontiert werden, die vielleicht ihren Dienst im grünen Rock quittiert hätte und als Seiteneinsteigerin in den kommunalen Dienst übergetreten wäre.

Benno atmete tief ein und hielt die alte braune Aktentasche eine Spur fester. Er klopfte einmal und öffnete gleichzeitig die Tür. Er wusste, dass man sich in Behörden damit als höheres Tier zu erkennen gab.

Eine *Angestellte* Meier blickte erschrocken hinter ihrem Schreibtisch auf. Sie hatte sich gerade mit ihrer feschen Fönfrisur beschäftigt und verbarg hektisch ihre Bürste hinter einem Aktenordner.

Momentaufnahme: Name: Meier, Vorname: noch unbekannt, Geschlecht: sehr weiblich, Alter: ca. 25 – 30 Jahre, dunkles Haar, modische Kurzhaarfrisur, Attraktivitätsgrad 40,1.

Sie konnte bei ihrem Chef mit Sicherheit deutliches Fieber auslösen.

Benno hatte sich bis jetzt nicht entschlossen, in welcher Maske er auftreten würde. Manchmal war es besser, einfach spontan zu sein.

„Müller, Abteilung III, " stellte er sich kurz vor und fixierte Frau Meier sehr scharf, „ich müsste noch einmal einen kurzen Einblick nehmen in ..."

Benno hatte während seiner kurzen Worte für eine Zehntelsekunde den Mitgliedsausweis des Zuffenhausener Hundezüchtervereins aufblitzen lassen. Er hatte ihn vor Jahren in der Straßenbahn in Hannover gefunden, und er hatte ihm schon oft gute Dienste erwiesen.

„Ach ja, selbstverständlich," erwiderte Frau Meier und stand artig auf, „Ihre Kollegen hatten das ja schon angekündigt. Wenn Sie mir bitte folgen würden?"

Welche Kollegen? Benno war es ziemlich schleierhaft, wofür Ang. Meier ihn hielt. Polizei? Landesrechnungshof?

Wie auch immer, Benno folgte der attraktiven Dame in das Büro von Stadtrat Sowieso.

„Wir haben es genauso gelassen, seitdem Herr Sowieso ..."

Schwang da in ihrem Ton ein bisschen Trauer mit? Wusste Ang. Meier etwas?

„Kaffee?"

„Wie bitte?"

„Darf ich Ihnen einen Kaffee bringen?"

„Oh ja, sehr gern. Sehr freundlich von Ihnen."

Nachdem Ang. Meier ihn mit Kaffee versorgt hatte, verließ sie Sowiesos Büro mit der Bemerkung „Wenn Sie etwas wünschen, lassen Sie es mich nur wissen!"

Benno schwankte innerlich etwas hin und her. Ihm war zwar durchaus bewusst geworden, wie leicht ihm der Zugang zu Sowiesos Allerheiligstem gemacht worden war, andererseits befürchtete er aber, dass in spätestens fünf Minuten irgendjemand von einer tatsächlichen „Abteilung III" auftauchen und ihn enttarnen könnte.

Er beschloss, nicht allzu lange in Sowiesos Gemächern zu verweilen.

Benno hatte sich an den Schreibtisch gesetzt und ließ seinen Blick schweifen.

Großzügiges Büro, schätze mindestens 40 Quadratmeter. Schreibtisch hat auch einige Quadratmeter, funktionelles, aber teures Mobiliar, Wände holzvertäfelt, Schreibtisch aufgeräumt, keine herumliegenden Akten; einige Einbauschränke, Computer mit Flachbildschirm, hat ja jeder heutzutage auf Steuerzahlerkosten; Bild einer nicht besonders hübschen Frau auf dem Schreibtisch; keine Kinder?

Auch konnte man den eher unverbindlichen Bildern an den Wänden keine besonderen Vorlieben für irgendwelche Landschaften oder sportlichen Tätigkeiten entnehmen. Mit einem Wort: Dieses Büro war so ziemlich das nichtssagendste, das Benno seit langem in Augenschein genommen hatte.

Doch nun wurde es Zeit. Er war ja eigentlich nur wegen *einer* Sache gekommen. Er könnte ja später mal wieder vorsprechen.

Benno ging hinüber zum Einbauschrank und öffnete eine größere Tür.

Richtig, das war's: Sowiesos Büro-Strickjacke, relativ hässlich hellgrau-hellblau gemustert. So was trug man irgendwann in den siebziger Jahren.

Benno roch kurz daran. War offenbar seit Jahren nicht gewaschen worden.

Genau das, was er gesucht hatte.

Er stopfte die Bürojacke in seine Aktentasche und verließ Sowiesos Büro.

„Sie haben Ihren Kaffee gar nicht getrunken!", rief Frau Meier ihm hinterher.

„Heben Sie ihn auf fürs nächste Mal!"

8. Kapitel

Jolanthe Widderich blickte etwas ratlos drein.

Soeben hatten zwei Herren, die ihr äußerst merkwürdig vorkamen, das Hauptgeschäft der Tipptopp-Reinigung betreten.

Einer der beiden war wohl um die 40 Jahre alt, der andere musste wohl über 60 sein, denn er hatte nur noch einen fast weißen Haarkranz.

Beide trugen beinahe pechschwarze Sonnenbrillen, die es ihr unmöglich machten, ihnen in die Augen zu sehen.

Sie hatten einen mächtig großen Schäferhund dabei, eigentlich war das Mitbringen von Hunden in die Reinigung nicht gestattet, und sie wollte auch schon etwas in dieser Richtung zu den beiden Herren sagen, da erkannte sie, dass es sich offenbar um Blinde handelte.

Der Schäferhund hatte so eine Art weißen, festen Plastikgriff auf dem Rücken, das war wohl so etwas wie ein Führungsgeschirr, sie wusste nicht, ob das der richtige Ausdruck dafür wäre, aber so etwas hatte sie schon einmal irgendwo gesehen.

Außerdem hatten beide Herren weiße Stöcke. Eine Armbinde trugen sie allerdings nicht, aber das war wahrscheinlich nicht mehr modern.

Die Herren waren ihr ja auch eigenartig hilflos vorgekommen, als sie das Geschäft betraten, und sie hatte gleich das Gefühl gehabt, dass mit ihnen irgendetwas nicht ganz in Ordnung war. Aber was wollten Blinde in der Reinigung?

Jolanthe gab sich sofort einen Strafpunkt für diesen Gedanken, natürlich hatten Blinde genauso ein Recht auf die Reinigung ihrer Kleidung wie andere Menschen auch. Allerdings hatten sie offenbar nichts mitgebracht. Wollten sie etwas abholen? Wie das, wenn sie vorher noch nie hier gewesen waren?

„Womit kann ich dienen?", fragte Jolanthe höflich in Richtung des älteren Herrn.

Der ältere Herr war offensichtlich auch noch ein wenig desorientiert. Seine schwarze Sonnenbrille schien zunächst in verschiedene Ecken zu blicken, bis sie ungefähr in ihre Richtung wies. Vorsichtshalber wiederholte sie ihre Frage, diesmal etwas lauter. Vielleicht waren die beiden auch noch schwerhörig, so was gab es ja.

„Wir hätten gern zwei Karten für das Konzert heute Abend!", verkündete der ältere Herr. Der jüngere Herr nickte zustimmend, während er seinen weißen Stock tapsend über die Fliesen des Fußbodens gleiten ließ.

„Konzert?", fragte Jolanthe erstaunt. „Hier gibt es kein Konzert, Sie sind hier in der chemischen Reinigung!"

„Welche Vereinigung?", fragte der jüngere Herr.

Mein Gott, er scheint ja tatsächlich stocktaub zu sein.

Jolanthe beschloss, sehr verständnisvoll und sehr geduldig zu sein. Niemand sollte behaupten können, die Tipptopp-Reinigung hätte etwas gegen Behinderte.

Sehr laut und sehr langsam sagte sie: „Meine Herren, Sie befinden sich in der Tipptopp-Reinigung. Ich glaube, Sie sind falsch hier. Sie möchten wahrscheinlich in das Tabakgeschäft gegenüber!" Jolanthe wusste, dass man dort Karten für alle möglichen Veranstaltungen erwerben konnte.

Klarer Fall, die beiden Blinden hatten die falsche Straßenseite erwischt. Und dieser Blindenhund, naja, der konnte natürlich nicht lesen.

„Ach so!", rief der ältere Herr aus. Er ließ einen Moment das Führungsgeschirr des Blindenhundes los, um ein Taschentuch aus seiner Manteltasche zu nehmen. In diesem Moment machte sich der Hund selbstständig. Mit einem Satz war er an der geöffneten Tür zum Nebenraum, wo die zu sortierenden Wäscheberge lagerten. Mit einem weiteren Satz war der Hund in besagtem Raum verschwunden.

„Halt!", rief Jolanthe entsetzt. „Das geht aber nicht! Rufen Sie sofort Ihren Hund zurück!"

„Welches Stück?", fragte der jüngere Blinde.

Es hatte wohl keinen Sinn, ihm irgendetwas erklären zu wollen. Daher wandte sie sich erneut an den Älteren, der ja auch den Hund geführt hatte. Nein, der vom Hund geführt wurde, so sagte man wohl.

„Ihr Hund ist im Nebenraum verschwunden! Bitte holen Sie ihn da raus!"

Der Ältere schien etwas zu lächeln, dann ließ er seinen Blindenstock über den Fußboden gleiten.

„Hier! Folgen Sie mir bitte!"

Jolanthe wusste nicht so recht, ob sie den Herrn jetzt anfassen oder führen sollte. Sie schob ihn ein bisschen am Ärmel in die Richtung der Tür.

„Harald!", rief der Ältere.

Der Hund schien nicht auftauchen zu wollen. Also tastete der Ältere seinen Weg durch den Nebenraum, wobei er mit seinem Stock hier und da an einem Wäschestück hängen blieb. Auch der Jüngere war ihnen gefolgt und ließ seinen weißen Stock in beinahe lebensgefährlicher Art und Weise durch die Luft pendeln.

Nein, hier war eindeutig kein Hund zu sehen. Er musste wohl nach draußen gelaufen sein. Kein Wunder, die Hintertür stand ja offen, weil der Fahrer gerade am Einladen gewesen war und dann noch auf einen Kaffee in den klitzekleinen „Sozialraum" gegangen war.

Ja, da war der Hund ja! Er stand direkt vor dem Lieferwagen, einem etwas älteren Ford Transit mit der Aufschrift „Nichts ist so tipp topp wie die Tipptopp-Reinigung".

Merkwürdigerweise hatte er die rechte Pfote erhoben und zeigte auf den Lieferwagen.

Nein, das war natürlich Unsinn.

Hunde konnten doch wohl nichts zeigen, oder?

Und außerdem, ein Blindenhund konnte doch seinem Herrchen schon mal gar nichts zeigen, das wäre ja wohl vollkommen absurd.

Der Ältere war mittlerweile bei seinem Hund angekommen.

„Brav, Harald, sehr gut gemacht!"

Er ergriff wieder das Führungsgeschirr.

„Kommen Sie, ich zeige Ihnen den Weg, wie es hinausgeht!"

Jolanthe Widderich hatte wieder den älteren Herrn am Ärmel angepackt und zog ihn etwas hinter sich her, während sie sorgsam auf einen gewissen Abstand zum Blindenhund bedacht war.

Auch der Jüngere ließ sich erfolgreich wieder in den Laden lotsen.

Jolanthe öffnete die Tür und rief sehr betont: „Das Geschäft mit den Konzertkarten ist drüben, genau auf der anderen Straßenseite!"

Sie schob die beiden hinaus.

Gottseidank, jetzt waren sie fort. Am liebsten hätte sie die Tür abgeschlossen und verriegelt.

So was Unangenehmes aber auch, und ganz besonders dieser riesige Köter.

Zum Glück hatte der Chef nichts mitbekommen.

Die beiden Blinden waren hinter der nächsten Straßenecke verschwunden.

Sie gingen auf einen gelben Lieferwagen zu, der am Straßenrand geparkt war.

„Sieht uns jemand?"

„Nein, kein Mensch da!"

Benno öffnete die Heckklappe. Harald sprang mit einem Satz in den Kofferraum. Benno und August verstauten ihre weißen Stöcke und ließen sich schließlich auf dem Fahrer- bzw. Beifahrersitz nieder. Sie hatten ihre schwarzen Brillen abgenommen.

„Men in black", zitierte Benno.

„Was?", meinte August. Er schien kulturell nicht ganz up to date zu sein.

Immerhin war ja an ihm ein guter Schauspieler verloren gegangen, denn nach Bennos Ansicht hatte er seine Rolle als Blinder geradezu hervorragend gespielt.

Die kleine Inszenierung war sorgsam vorbereitet gewesen.

Es hatte damit begonnen, dass Benno August am Telefon gefragt hatte, welche Qualitäten Harald als Spürhund hätte. August hatte ihm versichert, dass diese Qualitäten praktisch die einzigen wären, die Harald überhaupt hätte. Er wäre ein ganz hervorragender Spürhund und hätte schon Erstaunliches geleistet, was seine Minderbegabung als Schutzhund mehr als wettmachte.

Ehrlich gesagt, sei Harald eigentlich eher feige und würde jedem Konflikt aus dem Weg gehen, aber seine Nase wäre über alle Zweifel erhaben.

August hatte gestern beim Roten Kreuz zwei Blindenstöcke und ein Führungsgeschirr für Hunde ausgeliehen, „für meinen Besuch aus München", wie er dem Ortsvereinsvorsitzenden Friedbert Reybach erklärt hatte, den er natürlich wieder einmal gut kannte.

Dann hatten sie Harald kurz vor der Tipptopp-Reinigung Sowiesos Bürojacke zum Schnuppern angeboten, mit der eindeutigen Aufforderung: „Such den Mann!"

Zu besonders Bennos großem Erstaunen hatte Harald sofort an seinem Geschirr zu ziehen begonnen, denn er hatte offensichtlich eine ganz heiße Spur gewittert.

„Also ehrlich, was hältst du davon?", fragte Benno.

„Keine Frage, Harald hat etwas entdeckt. Ich würde sagen, Sowieso ist mit dem Lieferwagen transportiert worden. Vielleicht ist er ja auch freiwillig mitgefahren, wäre immerhin auch denkbar. Aber, Quatsch. Ich tippe eher auf ersteres."

Benno musste daran denken, wie der Hund auf den Lieferwagen gezeigt hatte.

„Und Harald ist da wirklich zuverlässig?"

„In dieser Hinsicht kann man sich auf ihn verlassen, keine Sorge. Der hat immer alles gefunden, was er finden sollte. Eins A Suchhund. War während seiner aktiven Zeit richtig bekannt dafür."

Naja, immerhin etwas.

Der Ford Transit also.

Aber welche Beziehung gab es zwischen Stadtrat Sowieso und dem Lieferwagen der Tipptopp-Reinigung?

Dieser Frage musste doch noch näher nachgegangen werden.

Aber jetzt musste Benno erst einmal die Wochenendeinkäufe erledigen.

9. Kapitel

You make me feel, you make me feel,
You make me feel like a natural woman,
A natural - woman.

Benno schloss vorsichtig die Haustür, nachdem er die zahlreichen Ein-kaufskörbe und -taschen behutsam über die Schwelle geschoben hatte.

Nein, er wollte die Gesangsstunde keineswegs stören, es wäre ihm so vorgekommen, als würde man bei der Predigt husten oder während eines Sinfoniekonzerts sein Handy klingeln lassen.

Die Damen waren offensichtlich gerade dabei, ein Stück von Carole King einzustudieren.

Das Keyboard – Benno wusste ja, dass es kein Klavier war – klang gut, Maria Jagger konnte offensichtlich recht virtuos in die Tasten hauen.

Er meinte auch Iris aus dem Gesang herausfiltern zu können, aber er hatte sich getäuscht, sie stand in der Küche und war gerade dabei, ein Risotto in Bennos größtem Kochtopf zuzubereiten.

Er war glücklicherweise genau zu dem Zeitpunkt gekommen, als Iris die gefrorenen Erbsen brauchte, die er mitgebracht hatte. Sie waren schon so optimal angetaut, dass sie sofort verwendet werden konnten.

Wegen der musikalischen Tätigkeiten im „Partykeller" (die Tür zum Keller war geöffnet) sprachen sie nur sehr leise und waren überhaupt bemüht, keine überflüssigen Geräusche zu verursachen. Benno packte behutsam weiter aus und verstaute dies und jenes im Kühlschrank.

Die Keller-Damen hatten mittlerweile ein anderes Lied angestimmt, diesmal war es etwas Französisches, das Benno nicht kannte. Wenn man lange genug wartete, kam wahrscheinlich auch noch etwas Deut-sches.

Aber, weit gefehlt.

Es erklang eine Art Schlussakkord und ein Ausruf von Maria Magda-lena Knopf, der wohl ein großes Lob bedeuten sollte: „Super, Mädels, äh, Emma, bei Takt 24 einen Halbton höher, kommt noch besser."

Dann hörten sie Bennos Schritte auf der Kellertreppe.

„Mein Gott, bin ich kaputt", meinte Anna.

„Wenn ich geahnt hätte, wie anstrengend das Gesinge auf die Dauer ist, wäre ich lieber in der Schule geblieben", ergänzte Emma.

Beiden war aber eher anzusehen, dass sie mit viel Spaß und Engagement bei der Sache waren und dass man ihre negativen Bemerkungen in welche Richtung auch immer keinesfalls ernst nehmen durfte.

„Ich glaube, wir haben eine kleine Stärkung verdient. Riecht köstlich, Iris. Wer hilft mir den Tisch zu decken?"

Auch Maria hatte sich offenbar im Hause Jenssen eingelebt und ihre anfängliche Scheu, die Benno an ihr zu beobachten geglaubt hatte, vollständig abgelegt.

Benno freute sich.

Die Atmosphäre war sehr entspannend und angenehm, und er fühlte sich mit den vier Mädels ziemlich wie der Hahn im Korb, wenn auch drei der Hühner nicht gerade als Legehennen zu gebrauchen gewesen wären. Ein bisschen Ablenkung tat gut, es führte wohl auch zu nichts, dauernd an diesen Sowieso zu denken.

Bammel hatte noch erwähnt, dass es aus polizeilicher Sicht nichts Neues gäbe, Sowieso war bisher also weder tot noch lebendig wieder aufgetaucht.

Sie hatten dann noch über die Möglichkeit gesprochen, dass Sowieso einer jener Fälle sein könnte, die man als „Ich-gehe-nur-mal-Zigaretten-holen-Syndrom" kannte.

Das hieß, ein ganz normaler Ehemann machte sich einfach aus scheinbar heiterem Himmel aus dem Staub und ward nie mehr gesehen. Benno versuchte sich vorzustellen, wie so etwas funktionieren würde. Derjenige, der einfach mir nichts, dir nichts abtauchte, müsste doch irgendeine Perspektive haben, wie sein Leben weiter gehen würde.

Das hieße, dass eigentlich ein ausgeklügelter Plan hinter dem allen stehen müsste, vielleicht auch, dass man eine neue Partnerin kennen gelernt hatte und so weiter.

Bammel hatte noch gewitzelt, vielleicht wäre Sowieso ja zur Fremdenlegion gegangen.

All diese Gedanken schwirrten durch Bennos Kopf, und daher war er ganz dankbar für etwas Ablenkung in Form weiblicher Gesellschaft.

„Was wollt ihr trinken? Wein? Bier?", fragte er.

„Warum nicht erst einmal einen kleinen Aperitif?", schlug Emma vor.

Sie hatte sich bereits in Richtung Hausbar begeben und unterzog den Inhalt einer beinahe detektivischen Suche. Schließlich kam sie mit einigen Flaschen in die Küche, holte Eis aus dem Kühlschrank und bereitete eine Art Cocktail zu, von dem sie behauptete, es gäbe ihn wirklich, nur der Name sei ihr entfallen.

„Also zum Wohle, die Damen!" Benno hatte als Hausherr den Eindruck, dass er den Sturm auf die Gläser eröffnen müsste.

Beim und nach dem Essen herrschte lebhafte und heitere Konversation. Emma und Anna meinten, dass sie sich nun musikalisch langsam so fit fühlen würden, um auch mal wieder vor einem kleineren Publikum auftreten zu können.

„Wie wär's mit der *Stadthalle Ginsberg*?", schlug Benno vor.

„Sehr witzig!", meinte Anna.

„Aber im Ernst," nahm Benno den Faden wieder auf, „ihr könntet doch hier in der Gegend mal auf Suche gehen. Vielleicht ein paar Weinlokale abklappern oder so."

„Weinlokale?", fragte Emma spöttisch. „Sind wir Umptata-Alleinunterhalter oder was? Wir brauchen was Kultiviertes, vielleicht so was wie das *Senftöpfchen* in Köln."

„Senftöpfchen? Derart Scharfes hat Ginsberg nicht zu bieten."

Naja, hier in der Gegend aufzutreten wäre sicher nicht schlecht für seine Schwestern und Maria. Offensichtlich ging es ihnen zunächst auch nicht so sehr ums Geld, sondern um die wertvolle Erfahrung, vor Publikum zu singen und zu spielen. Benno würde mal die Augen offen halten und auch hier und da mal fragen. Er kam ja viel rum.

Vielleicht ergäbe sich da etwas.

10. Kapitel

„Und du meinst im Ernst, wir können den Fahrer so einfach aus dem Verkehr ziehen?"

Diese Frage stellte Benno am Montagmorgen um Punkt 9.57 Uhr in seinem kleinen Büro an seinen neuen inoffiziellen Mitarbeiter August Bammel.

Dieser hatte bereits um 8.00 Uhr angerufen und ihm sein Erscheinen angekündigt. Er würde Harald auch zu Hause lassen. Benno war zunächst etwas nervös gewesen wegen Augusts angekündigtem Besuch, die Tatsache, dass zahlreiche unkonventionelle Damen im Hause anwesend waren, könnte vielleicht den falschen Eindruck vermitteln, bei Bennos Haus handele es sich auch um ein so genanntes zweifelhaftes Etablissement.

Als August dann um halb zehn tatsächlich erschien, hatte er in seinem Büro Kaffee und Mineralwasser bereitgestellt, als würde gleich eine Kabinettssitzung stattfinden. Benno hielt aber selbstbewusst seine Pfeife in Betrieb und hatte das Fenster in der Dachschräge auch nur einen minimalen Spalt geöffnet, das Rauchen in seinen eigenen Räumlichkeiten wollte er sich auf keinen Fall vermiesen lassen, selbst wenn es die Zusammenarbeit mit dem pensionierten Polizeioberrat kosten würde.

August hatte sich in dieser Richtung aber keineswegs geäußert, sondern nur seine Ideen dargelegt, wie man in diesem Fall ein wenig weiterkommen könnte. Und diese Ideen waren nach Bennos Meinung schon interessant genug.

„Sicher können wir den Mann aus dem Verkehr ziehen. Wir müssen nur etwas nachhelfen. Ich habe mal gestern bei einem ehemaligen Kollegen vom Verkehr nachgefragt, ob da irgendetwas bekannt wäre hinsichtlich des Fahrzeuges der Tipptopp-Reinigung. Der Kollege hat buchstäblich die Hände über dem Kopf zusammengeschlagen und verkündet, natürlich, die Tipptopp-Reinigung wäre eines der bekanntesten schwarzen Verkehrs-Schafe im gesamten Kreisgebiet. Nach einigem Überlegen wusste er sogar noch den Namen des Fahrers: Gilbert Ott. Dieser Herr Ott ist schon mehrfach wegen verschiedener Delikte aufgefallen. Zunächst jede Menge Parkgeschichten, Halten im absoluten Halteverbot, Parken in zweiter Reihe und so weiter. Und dann gab's zahlreiche Geschwindigkeitsübertretungen. Ich hab' den Kollegen gebeten, mal eine kleine Anfrage nach den Punkten in Flensburg zu starten. Und heute Morgen hat er mir das Ergebnis durchgegeben: Ott hat schon 8 Punkte in der Verkehrssünderkartei, alle wegen überhöhter Geschwindigkeit. Wenn wir ihn dabei erwischen, dass er mindestens 31 km/h zu schnell in der Stadt fährt, kriegt er einen Monat Fahrverbot. Dann hat er 12 Punkte und bekommt noch eine Warn-Mitteilung vom Kraftfahrt-Bundesamt. Er kann dann an einem Seminar teilnehmen, um Punkte abzubauen. Das ist doch eigentlich ganz in Ordnung so, nicht wahr?"

„Ja, schaden könnte es ihm sicher nicht. Aber findest du es eigentlich besonders fair, ihn derart reinzulegen?", schaltete sich Benno in Augusts Monolog ein.

„Was heißt hier fair? Der Mann ist doch bereits eine öffentliche Gefahr. Was meinst du, wie oft der mit 80 Sachen durch die Stadt brettert, ohne dass er dabei erwischt wird! Außerdem: Der Zweck heiligt die Mittel. Und wir müssen doch irgendwie an den Wagen rankommen."

Benno schenkte Kaffee nach. Donnerwetter, der olle Bammel ging aber ran wie Blücher.

Eigentlich wäre es ihm lieber gewesen, die Initiative wäre von ihm selbst ausgegangen oder er hätte zumindest eine brauchbare Idee beigesteuert. Dass es Bammels Idee gewesen war, kratzte ein bisschen am Lack seines Egos.

Benno stopfte seine Pfeife nach und entzündete ein neues Streichholz. Er fixierte August Bammel und fragte: „Und wie – bitte schön – soll das funktionieren? Willst du in einem pensionierten Streifenwagen den ganzen Tag hinter dem Herrn Ott herfahren, so lange, bis der mal ein bisschen zu doll auf die Tube drückt?"

„Nein, nein," lächelte Bammel, „da müssen wir schon ein bisschen anders nachhelfen. Aber dass die Kollegen vom Verkehr dabei sind, da kannst du Gift drauf nehmen, das lass man meine Sorge sein."

Mittlerweile erscholl laute Musik im Hause, was beide Herren etwas aus dem Konzept brachte.

„Was ist das denn? Hast du vergessen, deinen Radiowecker abzuschalten?", fragte Bammel.

„Nein, das ist nur meine Hauskapelle. Komm, ich stell sie dir vor!"

Benno ging voraus und nahm August Bammel im Schlepptau mit in den Keller, wo Maria, Emma und Anna gerade mit ihrem morgendlichen Gesang begonnen hatten.

Da sie irgendwie der Meinung gewesen waren, allein im Haus zu sein, Benno hatte sich nirgends blicken lassen und sie waren gar nicht auf die Idee gekommen, in seinem Büro nachzuschauen, hatten sie ihre Verstärkeranlage etwas weiter aufgedreht als sonst.

Als Benno mit Bammel den Kellerraum betrat, erstarb die Musik jäh.

Die Bremer Damen schauten erstaunt von ihren Noten auf. Im Hintergrund summte eine Lautsprecherbox.

„Darf ich vorstellen – mein Geschäftspartner, August Bammel – meine Schwestern, Emma und Anna Jenssen – und ihre Kollegin Maria Knopf."

Bammel, ganz Gentleman alter Schule, gab jeder Dame, von links nach rechts, die Hand.

Waren ja ganz entzückend, diese Vertreterinnen der holden Weiblichkeit.

Das heißt, die beiden Damen, die an den Mikrofonen standen. Die andere Dame, die da hinter der Orgel, oder was es sein sollte, saß, war nicht so ganz bezaubernd. Dazu war ihr Mund eine Spur zu breit, vielleicht sogar zwei Spuren, und überhaupt war ihr gesamtes Erscheinungsbild eher männlicher als weiblicher Prägung.

Erst jetzt fiel Bammel auf, dass die Damen, die Benno Jenssen ihm als seine Schwestern vorgestellt hatte, bis auf ihre unterschiedliche Kleidung völlig identisch waren.

„Das doppelte Lottchen!", entfuhr es ihm.

Niemand sagte etwas, es war nicht gerade eine Bemerkung, die Emma und Anna gern hörten. Bammel hatte dies offenbar bemerkt, denn er hüstelte verlegen und machte einen Fluchtversuch in Richtung Smalltalk:

„Aber Sie sind doch wohl nicht die ständige Hauskapelle der Detektei Jenssen?"

Man (bzw. frau) klärte ihn diesbezüglich auf.

Nein, frau wäre hier nur zum Üben und um sich einmal von einer anderen Umgebung inspirieren zu lassen.

„Gelegentlich ist meine Verlobte auch dabei", beeilte sich Benno zu sagen. Er wollte keinesfalls den Eindruck im Raum stehen lassen, er hätte vielleicht irgendetwas mit Maria Magdalena Jagger-Tyler.

„Und was macht ihr Jungs denn so?", fragte Emma etwas zu betont locker.

„Wir haben nur eine kleine Geschäftsbesprechung," meinte Benno, „irgendwie muss ich ja meine Brötchen verdienen. Es kommt ja nicht jeden Tag ein großer Scheck von selbst angeflattert. – Aber, entschuldigt uns, wir waren noch nicht ganz fertig."

Benno wandte sich zum Gehen, aber Bammel war offensichtlich so fasziniert von den Damen, dass er zunächst noch wie versteinert stehen blieb. Erwartete er jetzt etwa die Erfüllung eines Musikwunsches anlässlich seines 65. Geburtstages?

Schließlich besann er sich, wünschte noch „Frohes Schaffen!" und folgte Benno wieder nach oben.

„Donnerwetter, mein Junge, solche Schwestern lasse ich mir gefallen", kommentierte Bammel den Kellerbesuch. „Zwillinge, nicht wahr?", ergänzte er, obwohl das völlig auf der Hand lag.

„Ja, klar, Zwillinge. Emma und Anna, meine älteren Schwestern. Wehe, du sagst jetzt, dass sie jünger aussehen als ich!"

„Wollte ich gerade tun, Benno, hihi", sagte Bammel.

Man war wieder in Bennos Büro eingetreten, aber irgendwie hatten beide den Faden verloren.

„Also, Benno, den Ott nehmen wir demnächst hoch. Einverstanden?"

„Natürlich bin ich einverstanden. Aber wie sollen wir das genau bewerkstelligen?"

„Überlass mir die Details. Nur eine Bitte: Häng' dich mal an den Lieferwagen ran und stelle seine Route fest. Das ist wichtig. Würdest du das heute noch schaffen?"

Benno bejahte, obwohl es ihm nicht ganz gefiel, dass August ihm gerade eine Art Auftrag erteilt hatte. Lag wohl daran, dass er jahrelang Chef gewesen war.

Einmal Chef, immer Chef.

Was sollte es, es ging ja um die Sache. Und dann musste man wohl auch bereit sein, ein kleines Krötchen wie dieses zu schlucken.

„Ich verfolge heute Nachmittag den Tipptopp-Wagen, und dann rufe ich dich heute Abend an!"

11. Kapitel

„Verdammt, wer hat mich denn da so zugeparkt?"
Gilbert Ott stand kopfschüttelnd neben dem Lieferwagen der Tipptopp-Reinigung mit der schönen Aufschrift „Nichts ist so tipp topp wie die Tipptopp-Reinigung", den er vor fünf Minuten gekonnt in die letzte freie Parklücke in der Frankfurter Allee gequetscht hatte.

Er hatte die gereinigten Textilien aus dem Hauptgeschäft ausgeliefert und gerade eben noch ungefähr 30 verschiedene Kleidungsstücke auf den Drahtbügeln, die nicht besonders angenehm für die Hände waren, über eine der Stangen im Kastenaufbau des Lieferwagens gehängt.

Er hatte zweimal gehen müssen, heute war besonders viel zu tun, sonst galt die Filiale in der Frankfurter Allee eher als nicht besonders einträglich. Als er die schwere Schiebetür geschlossen hatte und um den Wagen herum zur Fahrertür gegangen war, hatte er die Bescherung entdeckt.

Ein gelber Lieferwagen, Citroën, natürlich (Gilbert hatte gewisse Vorurteile gegenüber speziellen Fahrzeugherstellern), stand in zweiter Reihe neben seinem Wagen.

Vom Fahrer keine Spur.

Na, toll.

Gilbert kam nicht auf den Gedanken, dass er ebenfalls ein Freund dieser Praxis war. Manchmal ging es eben nicht anders – bei der Parkraumnot heutzutage blieb einem Lieferanten oft gar nichts anderes übrig. Er hatte auch schon manchen Verkehrsstau verursacht und einige Streitereien mit anderen Autofahrern gehabt, bis er sich allmählich ein dickes Fell angeschafft hatte und nur noch müde abwinkte, wenn irgendsoein Idiot lautstark von seiner Hupe Gebrauch machte, ihm den Vogel oder noch Schlimmeres zeigte.

Wie gesagt, darüber dachte er jetzt nicht nach.

Seine Gedanken waren eher egoistischer Natur. Er wollte so schnell wie möglich aus dieser verflixten Parklücke raus, denn die Zeit drängte, er musste noch zur Filiale in Kurfürstenstraße, die machte auch um Punkt 12.00 Uhr dicht, und diese Frau Heusinger, die Filialleiterin, würde keine Sekunde auf ihn warten und sich dann auch noch beim Chef über ihn beschweren, das wusste er aus Erfahrung.

Und wenn er es nicht schaffen würde, gäbe es wieder Ärger mit dem Chef, der ihn sowieso auf dem Kieker hatte, seitdem er ihn einmal bei einer etwas zu langen Pause während seiner Auslieferungstour erwischt hatte.

Gilbert Ott betätigte mehrfach die Hupe seines Ford Transit, aber nichts rührte sich, nur einige vorbeigehende Passanten schauten ihn missbilligend an.

Er wandte sich dem Citroën-Lieferwagen zu.

Keine Aufschrift, keine Telefonnummer.

Er rüttelte an der Beifahrertür, dann an der Fahrertür. Alles verschlossen. War bestimmt so ein Idiot von Handwerker, der in einem der umliegenden Häuser war. Gilbert Ott sah sich um, er konnte aber keinen verdächtigen Hauseingang entdecken. Er hupte nochmals und schaute ungeduldig auf die Uhr. Als ob das was nützen würde.

Mist, schon Viertel vor zwölf!

Wenn jetzt kein Wunder geschah, konnte er die Filiale in der Kurfürstenstraße vergessen, und der Chef würde ihm seine Story vom zugeparkten Lieferwagen sowieso nicht glauben.

So ein Tag aber auch!

„Probleme, Kumpel?"

Ein Handwerker im Blaumann, der eine Werkzeugtasche in der linken Hand trug, hatte ihm auf die Schulter getippt. „Störungsdienst" las Ott auf dem Overall.

„Du bist ja wohl von allen guten Geistern verlassen, mich hier dermaßen einzuquetschen! Mann, mach', dass du in deine Karre kommst, ich hab's eilig!", schnauzte er den Mann an, der es gewagt hatte, ihn mit „Kumpel" anzusprechen. Wenn er jetzt mehr Zeit gehabt hätte, hätte er ihn aber so was von auseinandergenommen ...

Benno schloss gemächlich die Fahrertür seiner Zitrone auf und winkte dem Tipptopp-Fahrer freundlich zu. Er schaute auf die Uhr. Noch schnell einen fehlgeschlagenen Startversuch, dann müsste das Timing eigentlich hinhauen.

Rrrrr – rrrrr.

Pause.

Benno schaute bedauernd auf den anderen Fahrer. Seine Geste sollte wohl so was bedeuten wie „Sorry, ist eben keine deutsche Wertarbeit."

Der Tipptopp-Fahrer schien schier zu platzen.

Dann endlich machte Benno den Weg frei, indem er ein Stück zurücksetzte.

Gilbert Ott trat das Gaspedal voll durch und sauste mit aufheulendem Motor davon.

Benno grinste.

Im linken Außenspiegel sah er, wie der unauffällige Audi A 4, ein Fahrzeug der Verkehrsbereitschaft Urbach, die Verfolgung aufnahm.

Was er nicht sah, aber wusste, war der Umstand, dass die Herren von der Polizei ihren ehemaligen Kollegen, Polizeioberrat a.D. August Bammel, als „Special Guest" im Fond des Audi mit sich führten.

Dieser hatte die Sache immerhin eingefädelt. So ganz im Sinne der Dienstvorschriften war das ja nicht, und Benno wusste auch nicht, wie viel August den Herren von der grünen Zunft verraten hatte. Immerhin hatten sie sich dazu hinreißen lassen, an der Erlegung des stadtbekannten Verkehrssünders Gilbert Ott aktiv teilzunehmen.

Benno schaute dem Audi nach, bis er hinter der nächsten Straßenecke verschwunden war. Dann wendete er den Citroën und fuhr nach Hause. Die Verfolgung des Polizeiwagens wollte er sich ersparen, es lag ihm durchaus noch etwas an seinem eigenen Führerschein.

„Kann ich ganz offen sprechen, Benno?", fragte August Bammel vorsichtig.

Benno hatte den Oberrat a.D. „nach erfolgreicher Jagd" zum Mittagessen bei sich zu Hause eingeladen, was er auch sehr dankbar angenommen hatte, denn seine Frau hatte ihm verkündet, sie wollte noch ein paar Tage länger in Köln bleiben, ihre Schwester hätte noch Karten für Millowitsch, und überhaupt wäre das Wetter gerade so schön und so weiter. Benno hatte am Abend zuvor ein Labskaus vorbereitet, das er gerade am Esstisch im Wohnzimmer aufgetragen hatte. Iris aß ja mittags eine Kleinigkeit in der Stadt, aber Anna, Emma und Maria waren auch anwesend und machten einen durchaus hungrigen Eindruck.

Sie waren früh aufgestanden und hatten wieder tüchtig geübt, für ihr Programm, wie sie sich ausdrückten.

August Bammel schien sich in dieser Gesellschaft nicht ganz unwohl zu fühlen. Er war nur etwas skeptisch, was den Datenschutz betraf. Benno ermunterte ihn, nur frei von der Leber weg zu reden, die Damen wären über alles orientiert, sie hätten ja teilweise auch schon aktiv an Ermittlungen teilgenommen und wären sozusagen so etwas wie Kolleginnen. Dies beruhigte August Bammel zutiefst, und er prostete den Damen mit seinem Bierglas zu.

Während er skeptisch seinen Teller mit der merkwürdigen Masse, die Benno als Labskaus bezeichnet hatte, füllte, setzte er fort:

„Gut, dann spreche ich auch ganz offen: Also, der Ott ist ja losgedüst wie von der Tarantel gestochen. Die Kollegen im Messwagen hatten zuerst echte Probleme aufzuschließen. Aber dann sind wir etwa vierhundert Meter mit konstantem Abstand hinter ihm hergefahren. Auf unserem Tacho waren schon fast hundert. Aber im Messprotokoll waren es genau 94 km/h. Wir haben noch ein paar schöne Fotos geschossen, dann haben wir überholt, war ganz schön riskant, und ihn dann ausgebremst. Ich kann dir sagen, der war platt wie eine Flunder! Als der Kollege mit Dienstmütze und Uniform ihn zur Rede stellte, fiel dem doch glatt nur die Kinnlade herunter, und zuerst kam nur heiße Luft. Naja, und dann kam die ganze Prozedur mit den Papieren und so weiter. Den Führerschein musste er sofort abgeben. Und er hat dann seinen Chef mit dem Handy angerufen, der kam dann später auch, und irgend so ein anderer Mensch hat dann den Lieferwagen übernommen. Der Ott musste sich bei seinem Chef mit reinsetzen. Der hat bestimmt `ne schöne Gardinenpredigt zu hören bekommen."

„Hoffen wir doch nicht, dass er ihn gleich rausschmeißt", meinte Benno.

„Soll nicht unsere Sorge sein. Er hätte ja auch vernünftig fahren können. Allerdings wäre dann unsere Mühe umsonst gewesen."

Die Damen hatten sich zwar ebenfalls unterhalten, es war ihnen jedoch anzumerken gewesen, dass sie jedes Wort von Bammel geradezu aufsogen.

Das war ja eine dolle Räuberpistole.

Staatliche Willkür!

Andererseits – wenn dieser Ott wirklich so ein schlimmer Finger war, dann musste er wohl kurz über lang was auf denselben bekommen.

„Hoffen wir, dass es auch in unserem Sinn so weiter geht", sagte Benno.

„Wird schon, wird schon, mein Junge," sprach Bammel , „was bleibt den Tipptopp-Fritzen anderes übrig? Von selbst fliegen die Sachen ja nicht von Filiale zu Filiale."

Benno war sich nicht so sicher, ob August Recht hatte. Aber was sollten die Zweifel, immerhin hatte diese Aktion ja geklappt.

Er stand auf, um der Tafelrunde zur Feier des Tages noch einen Aquavit anzubieten.

12. Kapitel

„Nee, du kannst es drehen und wenden, wie du willst, so läuft das hier einfach nicht weiter!"

Dieser beinahe schicksalhafte Satz entstammte dem Gespräch, das man auch als Krisengespräch bezeichnen könnte und das gerade im Büro des Hauptgeschäftes der Tipptopp-Reinigung in der Rathausstraße in Ginsberg geführt wurde.

Die an diesem Gespräch Beteiligten waren Volkert Heynrich, 44 Jahre alt, untersetzt, Brille, dünne Haare, die einmal blond gewesen waren, und sein weitaus jüngerer Bruder Joachim, 28 Jahre alt, sehr schlank, größer als Volkert Heynrich, mit dunklem, vollen Haar und einem hübschen Gesicht, einem nach Volkerts Meinung zu hübschen Gesicht.

Der ältere Bruder war stets bemüht gewesen, Joachim etwas mehr männliche Härte einzutrichtern, aber alle Bemühungen in dieser Richtung hatten nicht gefruchtet. Joachim blieb eben „der Schöne", was ihn auch dem Verdacht aussetzte, eher dem eigenen Geschlecht zugeneigt zu sein. So ganz sicher war sich Volkert da nicht, was seinen Bruder in dieser Hinsicht betraf. Eine Freundin oder ähnliches hatte Joachim noch nie vorgestellt, einen Freund in etwas speziellerem Sinne aber eigentlich auch nicht.

Manchmal war es Volkert ein Rätsel, was sein Bruder so überhaupt in seiner Freizeit trieb. Allerdings hatte Joachim nicht viel Freizeit. Er arbeitete den ganzen Tag im Geschäft, und auch nach Feierabend liefen die Maschinen manchmal noch bis Mitternacht.

Joachim hatte aber noch nie über zu viel Arbeitsbelastung geklagt. Er war die eigentliche Seele des Geschäfts, stets fleißig und gleich bleibend freundlich, als ob Stress für ihn ein Fremdwort wäre.

Er hatte eine kleine Wohnung über dem Hauptgeschäft, nur zwei Zimmer, die aber durchaus gemütlich eingerichtet waren. Gemütlich allerdings in etwas speziellerem Sinn, ein Besucher hätte Joachims Sammelsurium an plüschigen Möbeln und bestickten Kissen sowie die zahlreichen Stofftiere unterschiedlicher Größe, die überall platzgreifend herumlagen oder -standen, schon sehr eigenartig gefunden. Der Gipfel des Kitsches waren neben den geschmacklosen 3-D-Bildern an den Wänden aber ein beleuchteter Zimmerspringbrunnen und ein künstlicher Kamin, der realistische Holzverbrennungsgeräusche erzeugen konnte.

Dass Joachim sich in seinen Räumlichkeiten wohl fühlen konnte, war Volkert stets ein Rätsel geblieben. Er vermied das Betreten dieser Wohnung, so gut er konnte. Meist war es auch nicht nötig, denn Joachim schien die meiste Zeit über eher in den Geschäftsräumen zu wohnen.

Zuweilen fragte Volkert sich, ob er die Arbeitskraft seines Bruders nicht zu sehr ausnutzte. Um ihn zu ersetzen, hätte er mindestens zwei Vollzeitkräfte einstellen müssen. Solche selbstkritischen Gedankengänge pflegten ihn jedoch nur sehr kurz anzufallen.

Volkert Heynrich selbst war natürlich auch nicht gerade arbeitsscheu, sein Engagement in der Firma hielt sich letztendlich aber doch in Grenzen. Er hatte eine Familie, die ihn gelegentlich in Anspruch nahm, und ein Haus am Stadtrand von Ginsberg. Außerdem hatte er noch andere Verpflichtungen, die seinen Einsatz verlangten, von denen Joachim zwar wusste, aber nicht unbedingt seine Frau Babette. Man sollte manche Dinge diskret laufen lassen und nichts an die große Glocke hängen.

Insgesamt kam man schon auf seine Einkünfte, wenn auch die Rezession gewisse Einbußen in den verschiedenen Geschäftsbereichen mit sich brachte.

Volkert und Joachim saßen einander am kleinen Couchtisch in altmodischen Clubsesseln gegenüber. Auf dem Tisch standen zwei geöffnete Flaschen Tuborg Export, das für diese Landschaft eher untypische Hausgetränk der Tipptopp-Reinigung.

Über Volkerts Platz prangte das Porträt von Che Guevara, darüber waren zwei gekreuzte Säbel, denen man ihre Flohmarkt-Herkunft durchaus ansehen konnte.

Derjenige, der der Ansicht gewesen war, dass es „so einfach nicht weiter" gehen könnte, war Joachim.

Seit drei Tagen, seitdem dieser Idiot von Ott seinen Führerschein abgeben musste, hatte Joachim dessen Touren übernommen. Er beklagte sich bei seinem Bruder darüber, dass im Geschäft jetzt alles durcheinander gehen würde, Ott würde zwar sein Bestes versuchen, aber er könnte ihn bei den Maschinen und bei der Auszeichnung eben nicht ersetzen.

„Heut' hat er schon wieder alles völlig durcheinander gebracht. Wir mussten den ganzen Wagen wieder ausladen und jedes Stück neu auszeichnen. Du kannst dir gar nicht vorstellen, was uns das an Zeit kostet. Und dann haben wir noch den Auftrag von der Bundeswehr. Wenn wir da in Zeitverzug kommen, kostet uns das eine sichere Einnahmequelle! Und die Konkurrenz schläft nicht!"

Volkert hatte sich Joachims Klagen geduldig angehört. Er nahm einen tiefen Zug aus der Tuborg-Flasche und wischte sich den Mund mit dem Handrücken ab.

„Sag' schon, worauf du hinaus willst!"

Volkert kannte seinen Bruder ja und wusste, dass er keine völlig unvernünftigen Forderungen stellen würde.

Joachim druckste noch etwas herum, Volkert war ja der Chef und er im Grunde ja nur ein kleines Licht, aber dann sagte er langsam und so bedeutungsvoll, wie es ihm möglich war:

„Solange der Ott seinen Lappen nicht hat, können wir ihn vergessen. Als Fahrer ist er brauchbar, aber hier bringt er nur alles durcheinander. Wir brauchen einen anderen Fahrer für die Zeit, ich kann das nicht auch noch machen, und du natürlich auch nicht. Wir sollten eine Aushilfe einstellen und den Ott in der Zeit in Urlaub schicken. Sonst drehen wir alle noch durch hier!"

Volkert überlegte.

Er wollte keinesfalls, dass hier irgendjemand durchdrehte. Und sein Bruder schon gar nicht, den brauchte er im Geschäft. So einen guten Mann wie den könnte niemand ersetzen.

Eine Aushilfe? Warum nicht? Kostete natürlich eine Kleinigkeit, und dann gab es noch das Problem, überhaupt jemanden zu finden, und dann eben auch nur für vier Wochen. Wenn das man überhaupt was wurde.

„Einverstanden, Achim. Du kannst ja morgen ein Schild ins Schaufenster stellen, und wenn sich da keiner meldet, gib' meinetwegen eine Anzeige bei der Zeitung auf. Viel Hoffnung sollten wir uns ja nicht machen, aber vielleicht haben wir ja trotzdem Glück."

Joachim lächelte. Dass sein Bruder ihn einmal richtig ernst nahm, geschah nur sehr selten.

13. Kapitel

Benno bog von der Auffahrt in die Rathausstraße ein und ließ sich vom vormittäglichen Ginsberger Verkehr dahintreiben. Der Chef hatte ihm eingetrichtert, dass er keinesfalls auf irgendwelche Geschwindigkeitsrekorde Wert legte, er sollte vorsichtig und rücksichtsvoll fahren und vor allen Dingen immer umsichtig und höflich sein.

Seit genau einer Woche war Benno im Dienst der Tipptopp-Reinigung. Wie zu erwarten war, hatte ein großes Plakat im Schaufenster des Hauptgeschäftes darauf hingewiesen, dass für genau einen Monat ein Aushilfsfahrer gesucht wurde.

Genau genommen hatte Iris das Plakat entdeckt, Iris, die er natürlich auch etwas in seine neuesten Ermittlungen eingeweiht hatte. Es konnte ja wohl nicht angehen, dass die Bremer Damen einen Informationsvorsprung vor seiner eigenen Verlobten hatten.

Benno hatte sich wohl oder übel in eine etwas andere Identität bemühen müssen.

Damit Jolanthe Widderich ihn nicht sofort wieder erkannte, hatte er sich die Haare schneiden und sogar färben lassen. Nun hatte er eine Art hellblonde Igelfrisur, die ihm – wie Iris zumindest bemerkte, ein völlig anderes Aussehen verliehen hatte.

Das allein hatte ihm aber nicht genügt. Benno hatte das morgendliche Rasieren eingestellt und trug nun einen etwas verlängerten Dreitagebart. Um noch einen draufzusetzen, hatte er sich auch noch die Fensterglasbrille mit Nickelgestell aufgesetzt, die er schon öfter zur Tarnung gebraucht hatte.

Natürlich konnte er sich auch nicht als *Benno Jenssen aus Ginsberg* vorstellen, sondern er hatte die Identität von *Bertram Sinowsky* angenommen, seinem früheren Kollegen aus Hannoveraner Tagen, der auch in der *Detektei K & S* von Dankwart Siebelt, seinem damaligen Chef, beschäftigt war. Sinowsky war gebürtiger Berliner, und daher empfand es Benno auch als angebracht, seiner Aussprache und Betonung einen leichten Berliner Touch zu geben.

Es war relativ leicht gewesen, an den Job zu kommen.

Benno hatte sich bei dem Herrn Heynrich vorgestellt, nachdem er sich bei Frau Widderich angemeldet hatte, die ihn offenbar nicht wieder erkannt hatte.

Er hatte sich als Bertram Sinowsky, zur Zeit in Ginsberg bei einem Bekannten wohnend, vorgestellt, er hätte eine Umschulung hinter sich und würde erst Ende November eine neue Stelle in Wiesbaden antreten, so lange hätte er Zeit, und er hätte sogar Führerschein Klasse 2, obwohl, heutzutage hieß es ja irgendwie anders, naja. Natürlich hätte er Erfahrung mit Viereinhalbtonnern, gar keine Frage.

Herr Heynrich, es war Herr *Volkert* Heynrich, wie Benno später feststellen konnte, denn es gab noch einen weiteren, nämlich Herrn *Joachim* Heynrich, so einen ganz Netten, schien von Benno recht eingenommen zu sein. Er deutete an, dass er Bennos Tätigkeit nicht durch die Lohnbücher gehen lassen wollte, das sei ja alles viel zu bürokratisch, es ginge ja nur um eine kurze Aushilfe, und ob er mit 13 Euro pro Stunde bar auf die Hand einverstanden wäre.

Benno war einverstanden und hoffte, dass Heynrich ihn nicht nach Papieren fragen würde. Die (für Sinowsky) hatte er leider nicht dabei. Benno hatte sich als mögliche Antwort auf die eventuelle Frage nach Personalausweis und Führerschein zurechtgelegt, die lägen im Moment noch bei seinem zukünftigen Arbeitgeber. Notfalls hätte Benno über seinen früheren Chef falsche Papiere bekommen können, aber das hätte natürlich ein paar Tage gedauert und es hätte auch eine Kleinigkeit gekostet.

Heynrich fragte nicht nach Papieren. So einfach war das also. Per Handschlag unter dem Porträt von Che Guevara.

Benno hatte seinen Dienst sofort angetreten und wurde am ersten Tag noch von Joachim Heynrich begleitet, der ihn in die Tour einwies und ihm alles erklärte.

So richtig schwierig war es nicht.

Benno fuhr gern und plauderte ebenso gern mit den Filialleiterinnen, so wie es der Original-Sinowsky auch getan hätte.

Sinowsky hätte sich allerdings schon nach drei Tagen die erste Filialleiterin angelacht und dann nach weiteren drei Tagen zusätzlich die zweite. Dann hätte es Verwicklungen gegeben und Krach und Ärger, aber so war Sinowsky nun mal. Immer drauf und dran, besonders, wenn es um das weibliche Geschlecht ging.

Auch Benno machte den Damen in den Niederlassungen des Tipptopp-Imperiums durchaus schöne Augen, aber er beließ es dabei. Die Damen ihrerseits bedachten ihn – je nach Alter – mit freundlichen Flirt-Worten, mit Kaffee oder auch mal einem Stückchen Selbstgebackenem, von dem er den Eindruck hatte, dass es nur zu diesem Zweck hergestellt worden war.

Mit anderen Worten, man könnte auch sagen, zusammengefasst:

Benno wurde innerhalb einer Woche als *Sinowsky* ein durchaus beliebter Mitarbeiter im Team des Reinigungswesens.

Es gab eine Vormittags- und eine Nachmittagstour, jeweils zu 5 Filialen und dann noch zu einigen Annahmestellen, die aber teilweise nicht jeden Tag angefahren wurden. Auch Sonderaufträge waren zu erledigen, z.B. zu reinigende Parkas bei der Kleiderkammer der Bundeswehr abholen.

Benno musste zugeben, dass der Job ihm durchaus Spaß machte und dass er gelegentlich den Zweck seiner Tätigkeit, nämlich dem verloren gegangenen Stadtrat Sowieso nachzuspüren, beinahe aus den Augen verlor.

Am zweiten Tag hatte er nach dem Tanken aber die Gelegenheit ergreifen können, den Ford Transit näher zu untersuchen. Natürlich waren großflächige Blutspuren auf dem Boden des Kastenaufbaus nicht zu erwarten gewesen, aber Benno konnte immerhin ein paar verdächtige eingetrocknete Flecke vorsichtig abschaben und in einer mitgebrachten Dose sicherstellen. Er hoffte insgeheim, dass es sich dabei nicht um simplen Rost gehandelt hatte.

Während Benno auf sein nächstes Ziel zusteuerte, musste er an den Besuch der Schwiegereltern plus Anhang am vorletzten Sonntag denken.

Iris war sehr aufgeregt gewesen und hatte sich den ganzen Samstag über mit den Vorbereitungen beschäftigt. Zudem waren die Bremerinnen ja immer noch im Hause, die sie mit ihren etwas lockeren Bemerkungen wohl eher genervt als aufgeheitert hatten.

Als die gesamte Ehlerssche Mischpoke dann aufgetaucht war, hatte Benno sich zunächst äußerst unwohl gefühlt, irgendwie hatte er die Befürchtung gehabt, vor allem seine eigenen Schwestern könnten ihn blamieren und durch irgendwelche Äußerungen einen Skandal entfachen.

Nichts von alledem war geschehen.

Emma, Anna und auch Maria hatten sich nützlich gemacht und zur lockeren Konversation beigetragen. Es war ihnen sogar gelungen, die immer kränkelnde Frau Ehlers senior zum Lachen zu bringen. Sein Fast-Schwager Bonifatius Wangenberg hatte das Haus überschwänglich gelobt und außerdem mit Benno ein fruchtbares Gespräch über alte Lastwagen begonnen. „Boni", wie Benno ihn jetzt nennen durfte, teilte seine Vorliebe für Fahrzeuge der Firma Henschel, war aber auch den alten Rundhaubern der Kölner Magirus-Deutz-Werke nicht abgeneigt. Man konnte sich nur nicht recht einigen, ob man den luft- oder wassergekühlten Modellen den Vorzug geben sollte.

Auch Iris' Geschwister Matthias, der das sehr interessante Fach Brauereiwesen in Weihenstephan studierte, und Birgit, die bei der Bundeswehr war, schienen sich gut zu unterhalten.

Nicht so ganz amüsierte sich allerdings Mechthild Ehlers-Wangenberg, die hier und da eindeutig giftige Blicke auf Iris abschoss. Sie schien ihr das neue Zuhause nicht besonders zu gönnen und schon gar nicht Benno, den sie sich – wer wusste das schon – vielleicht lieber selbst gegönnt hätte.

Zum Glück ging aber auch dieser Nachmittag seinem Ende zu, und – obwohl es doch gar nicht so furchtbar schlimm gewesen war, wie Benno ursprünglich befürchtet hatte – war er äußerst erleichtert, als er den letzten Vertreter der Familie Ehlers von hinten betrachten konnte.

Hoffentlich lag so etwas nicht bald schon wieder an.

Dann fiel ihm August Bammel ein, mit dem er immer noch in engem Kontakt war.

In der Sache Stadtrat Friedensreich Sowieso hatte es aber bislang keine neuen Erkenntnisse gegeben, keine neuen Spuren. Der Mann war und blieb verschwunden.

Nach der nächsten Filiale hatte Benno etwas Neues auf seinem Auftragszettel. Der Bruder vom Chef hatte ihm gesagt, er sollte dort Wäsche abholen.

„Tip-Top-Club" las Benno.

Tip-Top?

Tipptopp?

Seltsam.

Die Adresse war nicht in Ginsberg selbst, sondern etwas weiter außerhalb.

Benno musste anhalten und auf der Kreiskarte nachschauen. Oh, das lag ja ganz schön weit draußen, das gehörte ja schon fast zum Kreis Urbach.

Benno legte den ersten Gang wieder ein und fuhr weiter. Nach einer Viertelstunde war er an einer Kreuzung in einem Waldstück angelangt. Er musste nun rechts abbiegen. Die Straße wurde zusehends schmaler, und hinter der nächsten Kurve hörte der Asphalt auf, es war nur noch ein Feldweg, um nicht Waldweg zu sagen.

Eigenartig.

Benno glaubte sich verfahren zu haben, aber nach ein paar Minuten tauchte ein Gasthaus auf, dem er schon auf den ersten Blick ansehen konnte, von welcher Art Gastlichkeit hier der Gast Gebrauch machen konnte.

Rote Herzchen in den Fenstern verhießen Verheißungsvolles. Das Schild „Tip-Top-Club" war in nicht zu auffallender Größe über dem Eingang angebracht. Ein weiteres Schild deutete auf den „diskreten Parkplatz hinter dem Haus". Benno hielt den Transit trotzdem vor dem Eingang an. Für Diskretion sah er keinen Anlass.

Er stieg aus und ging auf die versteckte Lokalität zu und musste feststellen, dass man ohne Klingeln nicht hereinkam.

Also klingelte er.

Nach etwa einer Minute öffnete sich eine Art Bullauge in der Eingangstür. Ein stark geschminktes weibliches Auge warf einen musternden Blick auf ihn.

„Oh, ein früher Gast," hörte er die dazugehörige Stimme sagen, „da müssen wir mal schauen, wer von den Mädeln schon wach ist!"

Die Tür öffnete sich. Der Original-Sinowsky hätte sich diese Gelegenheit mit Sicherheit nicht entgehen lassen, aber Benno war dienstlich hier, sozusagen im Auftrag der Hygiene.

„Ach, Sie sind von der Reinigung! Sind Sie neu? Wo ist denn der Herr Ott?", fragte die etwa fünfundfünfzigjährige, recht üppig gebaute Dame, von der Bennos anfangs nur das rechte oder linke Auge gesehen hatte.

Momentaufnahme: Wenn es nicht so ein Klischee wäre, würde ich sagen: Typische Puffmutter. Üppig-straff, brutal geschminkt, verrauchte Stimme, jetzt fehlen nur noch die roten Haare, aber ihre sind schwarz.

„Ja, der Herr Ott hat Urlaub, ich bin nur die Aushilfe, Sinowsky mein Name", erlaubte sich Benno zu bemerken.

„So, so, Sinowsky", nickte Puffmuttchen.

Benno hatte sich kurz umgesehen und das Interieur einer großzügig angelegten Bar erkannt.

Überall runde, kleine Tische, plüschige Sesselchen, eine kleine Tanzfläche, eine ebenso kleine Bühne, ein Flügel am Rand der Bühne.

Wahrscheinlich gab es hier auch Striptease oder noch Gewagteres.

„Die Wäsche ist hinten, kommen Sie!"

Irgendwie glaubte Benno sich in einem Film zu befinden. Alles hätte er in diesem Wald erwartet, eine Försterei, seinetwegen sogar eine Köhlerei, eventuell auch ein Hexenhaus aus Lebkuchen, aber einen Puff – nein, das hätte er nun wirklich nicht gedacht.

Offensichtlich lief der Betrieb recht gut, denn Benno musste zwei äußerst schwere Wäschesäcke zum Lieferwagen tragen.

„Tip-Top-Club", „Tipptopp-Reinigung" – das passte ja wie die Faust aufs Auge. Er musste an Bammel denken, den wollte er doch gleich mal anrufen.

Er verabschiedete sich beim Puffmuttchen, das sich namentlich nicht vorgestellt hatte, aber warum auch, Benno war ja nur der Mann von der Reinigung.

Er verabschiedete sich, sie rief noch: „Bis nächste Woche!" – dann schlossen sich wieder die Tür und auch das Bullauge.

Benno beeilte sich mit dem Losfahren.

Nach der ersten Kurve griff er zum Handy und rief August Bammel an. Iris – wenn sie dabei gewesen wäre – hätte sicher geschimpft, denn sie hielt sich streng an das Handy-Verbot am Steuer. Und sie hätte es sicher auch missbilligt, wenn er ihr mitgeteilt hätte, er wäre gerade in einem Puff gewesen.

„Bammel?"

„Ja, hallo, Benno hier – ich bin gerade auf Tour in einem Waldstück zwischen Ginsberg und Urbach. Du, das ist ja ein dolles Ding, hier ist so ein Bordell mitten im Wald, einfach irre. Nennt sich *Tip-Top-Club*. Sagt dir das was?"

„Sicher. Also, ich persönlich war noch nicht da. Ehrlich nicht. Aber man hört so einiges darüber. Soll ziemlich teuer sein, eher beliebt bei Leuten ab Gehaltsklasse A 13 aufwärts. Da soll's alles geben, was das Herz begehrt, sämtliche Perversitäten inklusive."

„Könnte der Sowieso auch mal hier gewesen sein?"

„Kann ich mir sehr gut vorstellen. Aber wie soll man das rauskriegen?"

Benno hatte mittlerweile wieder festen Asphalt unter den Reifen.
„Du, ich hab' da grad eine Idee. Ich meld' mich später. Bis bald!"
„Bis bald, gute Fahrt!"
Benno steckte sein Handy wieder ein und fuhr zurück nach Ginsberg.

14. Kapitel

Melanie Unstetten-Sowieso parkte ihren Golf Cabrio auf der Auffahrt ihres großzügigen Bungalows und machte sich daran, die Einkaufstaschen aus dem etwas engen Kofferraum zu holen.

Vielleicht sollte sie doch bald einmal den Wagen ihres Mannes, einen Mercedes-Kombi, aus der Garage des Rathauses holen. Für Einkäufe war er wirklich viel praktischer. So schön der Golf bei gutem Wetter auch war, umso mühsamer war das Herumhantieren mit den Mineralwasserkisten bei diesem, ihrem Wagen.

Nach der Arbeit (sie war als Chemikerin in der Entwicklungsabteilung eines mittelständischen Kosmetika-Herstellers im Ginsberger Industriegebiet beschäftigt) hatte sie noch rasch einige Erledigungen gemacht und auch ihren Lieblings-Supermarkt aufgesucht, der zwar ein bisschen teurer war, dafür aber eine angenehmere Atmosphäre hatte als vergleichbare Einkaufsstätten.

Obwohl sie in weiterem Sinne in der Kosmetik-Branche tätig war, bot Frau Unstetten-Sowieso auch dem geübten Auge eines möglichen Betrachters keine besonders saftige Augenweide. Um es auf den Punkt zu bringen:

Sie war ziemlich hässlich, wobei es dem Beobachter, der ihren Anblick lange genug ertragen konnte, schwer gefallen wäre, eine konkrete Beschreibung dieses bedauernswerten Zustandes zu liefern.

Sie war eigentlich alles, was mit „zu" beginnen konnte:

Sie war einfach zu dünn, beinahe staksig, hatte zu große Ohren, zu buschige Augenbrauen, zu wenig in der Bluse und erstaunlicherweise – bei ihrer beruflichen Tätigkeit – zu wenig Verständnis dafür, wie man sich auch als nicht so ganz gelungene Eva für seinen Adam zurechtmachen konnte.

Es war wohl auch nicht wirkliche Liebe, die Friedensreich und sie seinerzeit zusammengeführt hatte, eher die freudige Entdeckung, dass man viele gemeinsame Interessen, Vorlieben und auch Abneigungen hatte. Beide mochten klassische Musik, hatten aber etwas gegen Mozart, beide sahen gerne Filme im Fernsehen, aber keine französischen, und beide hatten etwas gegen Reisen. Aus diesem Grund hatten sie auch damals auf eine Hochzeitsreise verzichtet.

Nach den ersten Jahren, die von gegenseitiger Sympathie getragen waren, war dann zunächst eine gewisse Gleichgültigkeit in ihre Beziehung eingekehrt, die später peu à peu zu einer kaum spürbaren, aber dennoch hartnäckigen gegenseitigen Antipathie geführt hatte. Ohne ein Wort darüber zu verlieren, hatte Melanie schließlich eines der Gästezimmer zu ihrem Schlafzimmer erkoren und war aus dem gemeinsamen Ehebett, das ohnehin nur noch zu Festtagen seinem eigentlichen Bestimmungszweck zugeführt worden war, ausgezogen.

Weshalb ihre Ehe daraufhin nicht beim Scheidungsanwalt geendet hatte, blieb zunächst ein Rätsel. Später wurde ihr klar, dass es Friedensreich recht gut zupass kam, sich nicht mehr sexuell mit seiner Frau abmühen zu müssen. Er empfand ihren Fortgang aus dem Ehebett wohl als Freibrief für den Beginn einer eigenständigen erotischen Laufbahn.

Sie begann damit, dass er eine heftige Affäre mit seiner Sekretärin hatte, ein recht primitiver Einfall und typisch Mann, er hatte sich nicht einmal sonderliche Mühe auf seiner Jagd nach neuen Gespielinnen gemacht, sondern die erstbeste, die er erlegen konnte, zur Strecke gebracht.

Dieser Zustand hatte einige Zeit angedauert. Man hatte aber nicht darüber geredet und war sich ansonsten mit dem nötigen Respekt und einem gewissen Maß an fast geschwisterlicher Zuneigung begegnet. Nur ein ausgebuffter Tiefenpsychologe wäre wohl im Stande gewesen, dieses eigenartige Eheverhältnis angemessen zu analysieren.

Friedensreich war vor beinahe einem Monat plötzlich verschwunden.

Das war in dieser Form noch nie geschehen. Zwar hatte er sich durchaus schon einige Male für ein paar Tage aus dem Staub gemacht, Melanie wusste dann ja, dass er mit einer anderen Frau unterwegs wäre, doch in diesen Fällen hatte er seine Abwesenheit zumindest in Rot in den Küchenkalender eingetragen.

Dass er sich diesmal überhaupt nicht erklärt hatte, konnte Melanie nicht begreifen.

Da ihr dieser Umstand sehr zu denken gab, hatte sie sich bereits nach einigen Stunden dazu hinreißen lassen, ihn als vermisst zu melden.

Etwas peinlich war ihr dann auf der Polizeiwache, dass man ihre Vermisstenanzeige noch gar nicht aufnehmen wollte und sie auf den nächsten Tag verwies.

„24 Stunden", natürlich, sie hatte davon doch gehört, man müsste schon mindestens einen ganzen Tag abgängig sein, bevor man vor dem Auge des Gesetzes zum offiziellen Vermissten aufstieg.

Melanie Unstetten-Sowieso hatte den Inhalt ihrer Einkaufstaschen in der Küche verstaut und schaute nun auf die Armbanduhr.

19.07 Uhr, Zeit für einen kleinen Sherry.

Ihr Abendessen, das aus einer Scheibe Grahambrot mit einer Scheiblette und einem Salatblatt bestehen würde, verschob sie auf später.

Dong-dong-ding!

Wer könnte das sein, um diese Zeit?

Melanie setzte Glas und Sherryflasche auf dem Couchtisch ab und ging zur Haustür. Sie konnte die Silhouette eines mittelgroßen Mannes in dunkler Kleidung erkennen. Wer immer es auch sein würde, sie kannte keine Scheu und schon gar keine Angst, sondern öffnete selbstbewusst die Tür, wobei sie ihre zu buschigen Augenbrauen zu einer strengen Miene zusammenkniff.

Es war ein Pfarrer.

Kein Zweifel, es war tatsächlich ein katholischer Pfarrer.

Sie selbst war ja nicht in der Kirche, obwohl sie früher evangelisch gewesen war, sie war aber damals aus der Kirche ausgetreten, als sie ihr Studium begonnen hatte.

„Gott zum Gruße, meine Tochter!", begann der Pfarrer.

So etwas. Das klang ja beinahe wie in einer Satiresendung. Melanie betrachtete erstaunt den in eine schwarze Soutane gekleideten Mann, der eine seltsame Kappe mit einem kleinen Bällchen darauf, wie bei einer Pudelmütze, trug. Der Mann (ein Pfarrer war letzten Endes ja auch ein Mann) blickte kurz bedeutungsvoll auf das große, vergoldete Kruzifix, das in der Diele hing, ein Erbstück ihres Mannes, das Melanie beim Staubwischen schon mehr als einmal entsetzlich genervt hatte. Ja, ihr Mann, der Friedensreich, der war natürlich katholisch. Gehörte ja zum guten Ton in Ginsberg. Wer hier was werden wollte, musste katholisch sein. Allen anderen (auch das hatte sie in der Firma oft zu spüren bekommen) begegnete man mit einem gewissen Misstrauen.

Endlich fand sie die einigermaßen passenden Worte:

„Kommen Sie doch bitte herein, Herr... äh ... Pfarrer ...“

„Braunfels, Braunfels von St. Ignazius ...“

„Ja, St. Ignazius, das ist die Gemeinde meines Mannes, Sie müssen wissen, ich gehöre der Kirche nicht an, ich hoffe, das ist kein Problem für Sie."

Pfarrer Braunfels lächelte milde und rieb sich die Hände, als wollte er sie aufwärmen.

Ein seltsamer Heiliger, dachte Melanie, hellblond – sieht ja aus wie gefärbt – und dann dieser Bart, dürfen Priester überhaupt solche Bärte tragen?

Sie komplimentierte den Pfarrer ins Wohnzimmer, bot ihm einen Platz im Sessel an und nötigte ihm einen Sherry auf.

Sie hatte irgendwie damit gerechnet, dass der Pfarrer nicht ablehnen würde.

Beide tranken schweigend einen Schluck.

Melanie überlegte, ob sie diesem Schwarzkittel nicht hätte anbieten sollen, seine Kopfbedeckung abzunehmen, diese Art Pudelmütze, aber vielleicht musste er sie ja auch in geschlossenen Räumen aufhaben. War ja modern heutzutage.

„Uns ist nicht entgangen," begann der Pfarrer wieder in salbungsvollem Ton, „dass Ihr lieber Gatte seit einigen Wochen vermisst wird. Man macht sich auch Sorgen in der Gemeinde. Und daher, denke ich, ist es angebracht, Ihnen den Beistand der Gemeinde anzubieten und den Trost des Herrn!"

Melanie Unstetten-Sowieso überlegte, wie sie aus dieser Nummer wieder herauskommen könnte.

Sie brauchte wohl kaum die Zuwendung von St. Ignazius und schon gar nicht den Trost des Herrn.

Wenn sie ganz ehrlich war, wollte sie einfach nur wissen, ganz sachlich, was mit ihrem Mann los war.

Normal war das ja nicht, dass er schon so lange verschwunden war.

Und seine Kollegen im Rathaus hatten gar keine Ahnung, und die Polizei, nun, die Ginsberger Polizei, die hatte schon mal überhaupt gar keine Ahnung. Aber dafür war sie ja bekannt.

„Ach, mein Mann, mein Friedensreich, er ist seit vier Wochen spurlos verschwunden. Ich habe keine Vorstellung, wo er sein könnte. Und niemand kann mir helfen, alle sind ratlos!"

Melanie versuchte einen kummervollen Blick, in der Hoffnung, das könnte die ganze Prozedur abkürzen.

Der Pfarrer schien dies missverstanden zu haben.

Er begann nachzubohren, und irgendwie gewann Melanie allmählich den Eindruck, dieser Mann hätte seinen Beruf verfehlt, er wäre im Polizeidienst wesentlich besser aufgehoben gewesen. Die Fragen, die er ihr stellte, hätte sie gern auf der Polizeiwache gehört.

Zum Schluss blickte aber auch Pfarrer Braunfels Melanie ratlos an und meinte:

„Wir müssen Geduld haben, meine Schwester, die Wege des Herrn sind wunderbar. Ich wünsche Ihnen die Kraft für ein Gebet. Und seien Sie versichert, Ihre Worte werden erhört werden. Ich meinerseits werde dieser Tage das eine oder andere Gebet für den lieben Vermissten sprechen."

Pfarrer Braunfels trank in einem Zug den Rest seines Sherrys aus und stand auf, um sich zu verabschieden.

Turnschuhe.

Der trug ja Turnschuhe unter seiner Soutane.

Aber was machte das schon, vielleicht gab es ja anschließend noch ein Handballspiel St. Ignazius gegen St. Kathrein.

„Auf Wiedersehen!", sagte Melanie etwas verwirrt an der Tür.

„Gott zum Gruße, meine Schwester."

Wieder im Auto, knöpfte Benno erleichtert die Soutane auf. Sie war doch nicht so ganz seine Größe gewesen und hatte über der Brust fürchterlich gespannt. Und dieses komische Mützchen, Benno kannte die richtige Bezeichnung nicht, hatte gejuckt wie verrückt.

Die Idee, sich als Pfarrer getarnt an Frau Sowieso heranzumachen, war ihm beim Wäschesortieren in der Tipptopp-Reinigung gekommen.

Dort waren ihm einige katholische Klamotten vor die Füße gefallen, die wöchentliche Ausbeute von St. Ignazius, und da hatte Benno eben mal zwei Kleidungsstücke für private Zwecke abgezweigt.

Er startete die Zitrone.

Für heute war sein Bedarf an haupt- und nebenberuflicher Tätigkeit gedeckt.

Während er in Richtung Hermannstraße 17 fuhr, musste er über das eben gehabte Gespräch nachdenken.

Ziemlich hässlicher Vogel, die Sowieso. Eher eine Jane Birkenstock als eine Jane Birkin. Aber blöd ist die nicht. Chemikerin? Könnte ihren Mann in Schwefelsäure aufgelöst haben. Aber sie ist in der Kosmetik.

Da arbeiten sie wohl nicht allzu viel mit Schwefelsäure. Also, traurig ist sie nicht, dass ihr Alter nicht mehr da ist. Aber, einen Liebhaber hat die bestimmt nicht. Der müsste ja ... Halt, vielleicht ist sie ja auch wieder so eine vom anderen Ufer. Stopp, Benno Jenssen, jetzt spinnst du aber.

Es wurde höchste Zeit, dass er die Füße körperlich und geistig hochlegen konnte.

15. Kapitel

Aus dem ruhigen Feierabend im Kreise seiner Lieben wurde leider nichts.

Die Damen waren ausgeflogen, in Iris' Twingo offenbar, denn der VW-Bus stand noch auf der Auffahrt. Sie hatten ihm immerhin eine kleine Nachricht hinterlassen:

Wollten nicht länger auf dich warten, sind ein bisschen unterwegs. Warte nicht unbedingt auf uns. Bussi, Iris. Bussi, Emma. Bussi, Anna. Bussi, Maria

Hmm, sehr lustig. Die Damen schienen ja irgendwie recht aufgekratzt gewesen zu sein.

Benno beließ es bei diesem Gedanken. Er machte sich ein Wurstbrot in der Küche zurecht und goss sich ein Glas Milch ein. Damit ging er nach oben in sein Büro, denn hier unten – entweder in der Küche oder im Wohnzimmer – kam es ihm ein bisschen zu einsam vor.

Im Büro setzte er sich an den Computer und surfte zunächst etwas gedankenlos auf der Website des Ginsberger Rathauses herum. Was er hier eigentlich suchte, wurde ihm auch nicht klar.

Dann kam er auf den Gedanken, endlich einmal ein kleines Resümee seiner bisherigen Ermittlungen zusammenzustellen. Er öffnete ein neues Dokument und entschied sich für eine einfache Tabelle. Dann tippte er. Zunächst zaghaft, dann immer schneller und entschlossener, beinahe schon mit einer gewissen Leidenschaft:

FAKTEN:	*SCHLÜSSE:*
Stadtrat Friedensreich Sowieso wird seit dem 15. September vermisst.	*Entweder hat er sich selbst beseitigt (Selbstmord?), er wurde beseitigt (Mord?), er hatte einen Unfall (unwahrscheinlich) oder er ist untergetaucht (Warum? / auch unwahrscheinlich).*
Sein Auto ist immer noch in der Rathaus-Tiefgarage.	*Wegen der steigenden Benzinpreise ist er aufs Fahrrad umgestiegen. (Quatsch!)*

	Da, wo er jetzt ist, braucht er kein Auto. (Gut, stimmt auf jeden Fall; bloß: Wo ist er jetzt?)
Sowiesos Frau ist reichlich unattraktiv.	*Sowieso ist / war Masochist. (Unsinn)* *Sowieso hat Gründe, sich anderen Damen zuzuwenden, käuflichen und nicht käuflichen. (liegt nahe)*
Die Polizei kann ihn nicht finden.	*Die Polizei ist unfähig!!!*
Ich kann ihn auch nicht finden.	*Äh ...*
Im Ernst: Er bleibt unauffindbar.	*Er ist untergetaucht. (Nein, das glaube ich einfach nicht.)* *Er ist gekonnt beseitigt worden. (Das glaube ich schon eher.)*
Es gibt Blutspuren: in Iris' Kleid / im Tipptopp-Transit	*Es könnte das gleiche Blut sein. (Müsste man doch untersuchen können!)* *Es könnte Sowiesos Blut sein! (Aber das ist wohl schwer ohne Sowiesos Leiche nachzuweisen.)*
Sowieso soll sich im Tip-Top-Club aufgehalten haben.	*Müsste man mal abchecken. Kleine Befragung einer indiskreten Dame?*
Ich bin müde.	*Ich mache mir einen Kaffee und schreibe gleich weiter.*
Äh, wo war ich stehen geblieben?	*Die Ermittlungen müssen beschleunigt werden!*

Das Ganze dauert mir zu lange, ich habe schließlich auch noch was anderes zu tun!	*Stimmt ehrlich gesagt nicht so ganz.*
Die Tipptopp-Leute sind verdächtig.	*Es könnte einen Zusammenhang geben zwischen Reinigung, Lieferwagen und Tip-Top-Club. Aber welchen?* *Ich muss mir mal den Heynrich vorknöpfen. Nicht den Netten, der ist harmlos (glaube ich jedenfalls).*
August kann auch nichts Neues berichten.	*Ich müsste ihm eine Recherche übertragen, vielleicht noch mal im Rathaus?*

Benno überlas kurz noch einmal sein Getipptes. Neue Erkenntnisse waren ja nicht gerade dabei herausgekommen. Trotzdem speicherte er die Seite unter „Sowieso" ab und fuhr den Computer herunter.
Er blickte auf die Uhr: Schon zehn nach zehn.
Eigentlich war er so müde, dass er gleich ins Bett gehen könnte. Noch ein, zwei Seiten lesen und dann ... Morgen müsste er wieder früh `raus.
Das Leben als Fahrer der Tipptopp-Reinigung war ja nicht ganz unanstrengend.

Ding-dong-ding-dong, ding-ding-ding-dong.

Bennos Westminster-Türglocke riss ihn aus seinen Gedanken. Wer kam denn jetzt noch zu so später Stunde?
Er ging die Treppe hinunter und öffnete. Das Gekicher vor der Tür hatte es schon angekündigt: Es waren die Mädels.
„Habt ihr den Schlüssel vergessen?"
„Nein," sagte Iris, die ihren Hausschlüssel sogar demonstrativ in der Hand hielt, „wir wollten dir nur ..."
Emma schnitt ihr das Wort ab und setzte fort: „ ... erzählen, dass wir ein Engagement haben!"

Benno wurde wieder hellwach. „Ein Engagement? Na, super. Gratuliere! Kommt aber erst mal rein und erzählt alles!"

Die Damen berichteten, dass Anna einige Agenturen in Frankfurt angerufen hatte, ob sie nicht irgendetwas in oder bei Ginsberg für ein „weibliches Duo mit Begleitung für alle Gelegenheiten, Schlager, Pop, Jazz, Chansons et cetera" hätten. Nach ein paar Anrufen war herausgekommen, dass ein kleiner Nachtclub in der Nähe von Ginsberg eigentlich einen Barpianisten und eine einzelne Sängerin suchen würde, Anna hatte noch gemeint, egal, sie wären ja Zwillinge, da würde es gar nicht so auffallen, wenn es nicht nur eine Sängerin geben würde.

Nach weiterem Hin und Her – die Agentur wollte wohl die Adresse nicht ohne Honorar preisgeben, andererseits brannte es wohl sozusagen, dann hatte man ihr die Anschrift doch noch genannt.

Und dann wären sie, Anna, Emma, Maria – chauffiert von Iris, denn die kannte ja die Gegend hier – losgefahren zu dem Nachtclub.

Ja, da hätten sie vorgesprochen, ein paar Kostproben gegeben, besonders sei man wohl auch von Marias Klavier-Künsten angetan gewesen, und dann hätte man sich geeinigt auf die nächsten zwei Wochen, vier Abende pro Woche, allerdings von 21 bis 3 Uhr, aber es gab ja auch Pausen, freies Essen und Getränke, übernachten könnten sie auch im Hause, allerdings in einem sehr kleinen Zimmer, und, ja, die Gage war gar nicht zu verachten.

„Mensch, ist ja toll für euch. Euer erstes Engagement! Wie heißt noch mal der Nachtclub? Das habt ihr mir noch gar nicht gesagt!"

„Kennst du bestimmt nicht, Benno," sprach Iris, „ein netter kleiner Club mitten im Wald. Der *Tip-Top-Club*!"

16. Kapitel

Endlich gab es mal wieder etwas zu tun.

August Bammel, mit Harald an der Leine (wobei manchmal nicht ganz klar war, wer wen eigentlich an der Leine hatte), ging mit entschlossenen Pensionärsschritten auf „seine alte Firma" zu, wie er die Polizeiinspektion zuweilen zu nennen pflegte. Benno hatte ihm den Auftrag erteilt, so viel wie nur möglich über den *Tip-Top-Club* herauszufinden. August Bammel war geneigt, all seine alten Verbindungen einzusetzen und notfalls auch mit mehr oder wenigen offenen Karten zu spielen. Was lag also näher, als seinem Nachfolger im Amt, Polizeioberrat Emilius Schnittger, einen Besuch abzustatten?

Emilius, den er protegiert hatte, war immer noch dankbar für den einen oder anderen guten Tipp eines alten Hasen, und nun könnte er sich doch auch einmal etwas revanchieren.

Der Pförtner grüßte seinen alten Chef respektvoll und bot sich an, die Aufsicht über den Hund zu übernehmen. Der pensionierte Oberrat verzichtete jedoch dankend und zog es vor, Harald mit nach oben zu nehmen. Allerdings nicht im Fahrstuhl, Pensionäre brauchten Bewegung, man nahm natürlich die Treppe. Eigentlich war das Mitbringen von Hunden, auch von pensionierten Polizeihunden, verboten, aber wer hätte wohl gewagt, dies dem alten Herrn Bammel mitzuteilen.

„Oh, August, das ist nett, dass du mich wieder einmal besuchst. Komm herein, und wie ich sehe, hast du deinen Kollegen gleich mitgebracht. Darf ich dir einen Kaffee anbieten?"

August Bammel hatte sich bereits in den Besuchersessel gegenüber dem großzügigen Schreibtisch, an dem er damals selbst manchen Fall durch pures Liegenlassen erledigt hatte, gesetzt und Harald aufgefordert, es sich neben ihm bequem zu machen.

„Ach ja, einen Kaffee nehm' ich jetzt gerne, und wenn du noch ein Fläschchen Mineralwasser für Harald hättest, das wäre sehr angenehm."

Emilius, der auch schon die 50 deutlich überschritten hatte und eine Halbglatze inklusive dunklem Haarkranz zur Schau trug, ging kurz nach nebenan, zu seiner Sekretärin, die ja auch einmal Augusts Sekretärin gewesen war. August seinerseits versuchte der Begegnung mit ihr stets auszuweichen und hatte auch bei diesem Besuch die „direkte Tür" benutzt, denn seine frühere Schreibkraft war sehr sentimental und bekam immer feuchte Augen, wenn sie ihren ehemaligen Vorgesetzten zu Gesicht bekam. „Ach, Chef!", pflegte sie dann zu seufzen, als wären die Arbeitsjahre unter seiner Regie das reine Paradies auf Erden gewesen.

Emilius Schnittger war mit einem Tablett mit zwei Kaffeebechern, einer Flasche *Ginsberger Bergquell* und einem Suppenteller zurückgekehrt. Er goss geschickt das Mineralwasser in den Teller und stellte ihn neben Harald auf die Auslegeware. Der Hund begann genüsslich zu schlabbern und zu schlürfen.

„Entschuldige seine Manieren," kommentierte August, „aber von mir hat er das nicht. Er war wohl früher zu oft mit in der Kantine."

Emilius hatte sich gesetzt, und man sprach dem dampfenden Kaffee zu. Der neue Oberrat wartete auf die gewöhnliche Frage: „Was gibt's Neues?" – aber diesmal stellte August diese Frage nicht.

„Was führt dich denn heute zu mir?", versuchte Emilius schließlich vorsichtig das Gespräch in Gang zu bringen.

„Ja," nickte August, „du hast es erfasst, diesmal habe ich ein kleines Anliegen. Weißt du, ich habe da einen Bekannten, der ist Privatdetektiv und einer Sache auf der Spur. Vielleicht eine heiße Spur, vielleicht aber auch nur eine Luftnummer. Ist noch unklar. Ich helfe ihm halt ein bisschen. Muss ja geistig frisch bleiben."

Emilius nickte zustimmend. Allerdings war ihm noch nicht klar, worauf der ehemalige Chef hinauswollte. Dieser fuhr fort:

„Es geht da um diesen *Tip-Top-Club*, hast du vielleicht schon von gehört. Sind ein paar Kilometer hinter Ginsberg. Ich brauche einfach ein paar Informationen darüber, ach, was sage ich, ich brauche einfach *alle* Informationen über diesen Puff. Wem der gehört, wer da so hingeht, was da so passiert und so weiter. Ja, und auch, ob da schon irgendwelche illegalen Sachen am Laufen gewesen sind."

Daher wehte also der Wind.

Emilius Schnittger dachte nach.

„Na klar, der Laden ist mir schon ein Begriff. Aber wir *(damit meinte er die gesamte Truppe der Ginsberger Polizei)* haben eigentlich noch nie Ärger damit gehabt. Aber, du, ich bin mir gar nicht so sicher, ob wir da überhaupt zuständig sind oder die Kollegen aus Urbach. Kann sein, dass der Club gar nicht mehr auf unserem Kreisgebiet liegt."

„Das ließe sich ja vielleicht feststellen", meinte August Bammel mit aufforderndem Unterton.

„Ja, gehen wir doch mal zu dem Kollegen von der Einsatzleitung. Der Gerbart kennt sich bestens aus, den kennst du ja auch noch. Naja, so lange bist du ja auch noch nicht aus dem Dienst."

August folgte Emilius zum Raum der Einsatzleitung, der ein Stockwerk tiefer lag. Sie zogen es vor, Harald als Vertretung für Emilius in dessen Büro zu belassen.

„Kapitän auf der Brücke!", sagte August augenzwinkernd, als sie den Raum der Einsatzleitung betraten.

Kollege Oskar Gerbart, der gerade einen Streifenwagen zu einem Blechschaden in der Luisenstraße geschickt hatte, stand von seinem Stuhl auf und begrüßte Bammel und Schnittger.

„Oskar, lass dich nicht zu doll stören, wir haben zwischendurch nur eine Frage: Der *Tip-Top-Club* – liegt der im Kreis Ginsberg oder im Kreis Urbach?", fragte Emilius Schnittger.

Oskar Gerbart musste nicht lange überlegen.

Er ging auf die überdimensionale Kreiskarte zu, die eine ganze Wand bedeckte, und zeigte auf ein paar Straßen und einige Gebäude-Symbole. „Schaut mal, hier ist die Kreisgrenze – und da liegt der *Tip-Top-Club*. Wenn mich meine entzündeten Augen nicht täuschen, gehört er *nicht* zu unserem Gebiet."

„Also die Kollegen aus Urbach?", fragte August Bammel eigentlich überflüssigerweise, denn die Antwort lag im Grunde ja auf der Hand.

„Muss ja wohl", nickte Gerbart, den eine rot blinkende Lampe gerade wieder ans Telefon gerufen hatte.

Emilius Schnittger und August Bammel entfernten sich auf Katzenpfoten.

August war etwas enttäuscht, er hätte es lieber gesehen, Informationen hier und heute und auch noch aus erster Hand erhalten zu können.

Emilius schien diese Gedanken erraten zu haben, denn er schlug vor:

„Ich frage mal über den kleinen Dienstweg bei den Kollegen in Urbach an. Am besten auch direkt bei der Einsatzleitung."

Sie waren wieder in Emilius' Büro angekommen, und er begann sogleich zu telefonieren. August setzte sich und trank den letzten Schluck des bereits erkalteten Kaffees. Harald schaute ihn aufmerksam an.

„Hmm. Hmm. Ja, so. Ach? – Nee, nee. – Ja, danke. Wiederhör'n!",
hörte August Emilius in verschiedenen Intervallen sagen.

„Du, das ist ganz seltsam," begann Emilius seinen Bericht, „der Kollege in Urbach behauptet, der Tip-Top-Club müsste zu *unserem* Kreis
gehören. Die Kreisgrenze vom Landkreis Urbach endet angeblich 50
Meter vor dem Parkplatz dieses Etablissements."

Jetzt wurde es in der Tat etwas verwirrend.

Hatten die Urbacher falsche Karten?

Hatten die Ginsberger falsche Karten?

Zu einem der beiden Kreise musste der Club ja wohl gehören.

Harald, der alte Spürhund, schaute seinen Mitpensionär auffordernd
an.

„Na klar," entfuhr es August, „ich muss zum Katasteramt! Wenn einer
die genauen Unterlagen hat, dann die!"

Augusts Tag wurde noch sehr lang.

Trotzdem war er noch hellwach, als er am Abend bei Benno auftauchte. Mit Rücksicht auf die Damen hatte er Harald im Auto gelassen. Ja,
natürlich, er besaß schon ein Auto, aber das benutzte er nicht so gern in
der Stadt. Hier kam man mit dem Bus oder zu Fuß besser zurecht, den
Wagen hatte August heute nur für seinen kleinen Abstecher nach Urbach gebraucht.

Benno hatte es sich gerade im Kreise seiner Damen bequem gemacht,
die Bequemlichkeit wurde aber durch seine eigene Neugierde jäh abgebrochen. August Bammel sah so aus, als hätte er etwas Dringliches
zu berichten.

„Komm doch mit `rauf in mein Büro! Ein Glas Wein vielleicht? Ja,
geht schnell, ich nehm' einfach die offene Flasche mit. – Mädels, bis
nachher!"

Benno schenkte *Ginsberger Nachtschattenberg* ein, man prostete sich
kurz zu, und dann begann August zu erzählen:

„Benno, du glaubst ja nicht, was ich rausgefunden habe. Ich war heut'
Morgen bei meinem Nachfolger Schnittger, wollte mich mal nach dem
Tip-Top-Club erkundigen. Also: Wir stellen auf der Karte fest: Gehört
nicht zum Kreis Ginsberg. Okay. Muss also zum Kreis Urbach gehö-
ren. Schön. Aber: Die Kollegen aus Urbach behaupten, der Tip-Top-
Club gehöre auch nicht zu ihnen. Gibt es hier noch weitere Kreise,

frage ich mich. Natürlich nicht. Muss also was falsch sein. Aber was? Also: Ich zum Rathaus, Katasteramt. Kenne den Leiter. Jaja, du sagst immer, ich kenne alle Ginsberger, ist aber nur die halbe Wahrheit. Nun hör' mal: Der zeigt mir seine Messtischblätter, alles sehr sorgfältig. Fazit: Tip-Top-Club eindeutig nicht im Kreis Ginsberg."

Benno bat August, doch mal eine kleine Pause zu machen und einen Schluck Wein zu trinken. Er ließ schon alle Artikel weg, was würde er als nächstes weglassen: Alle Verben?

August hatte sich frisch gestärkt und fuhr fort:

„Ich also nach Urbach gefahren – rate mal – ja, klar, Rathaus, Kataster-amt. Den Herrn kannte ich übrigens nicht, aber ich hatte ja noch meinen alten Dienstausweis dabei. War zwar abgelaufen, das hat er aber gar nicht bemerkt. So, jetzt kommt's: Die ganze Prozedur noch mal: Messtischblätter durchsehen und so weiter: Ergebnis: Der Tip-Top-Club liegt auch nicht im Kreis Urbach!"

Im Takt des letzten Satzes hatte August zur Betonung mit dem Zeiger-finger auf den Tisch getrommelt, als wäre er beim Casting für ein Orff'sches Orchester.

„So, nun mal langsam," begann Benno seine Analyse, „das soll wohl heißen, dass der Tip-Top-Club irgendwo im Niemandsland liegt oder im Nirgendwo, oder?"

„Ganz eindeutig! Der Puff gehört weder zu Ginsberg noch zu Urbach. Was schließen wir daraus?"

„Dass der Tip-Top-Club einen eigenen Landkreis hat? Den Tip-Top-Kreis, Autokennzeichen TTK?", witzelte Benno.

„Na, natürlich schließen wir daraus, dass bei der Gebietsreform im Jahre 1977 sich irgend so ein armes Würstchen vermessen hat. Mit Absicht oder unabsichtlich. Ich tippe aber eher auf ein Versehen, ..."

„ ... das dann aber jemand bemerkt und sich zu Nutze gemacht hat!", entfuhr es Benno.

August setzte fort: „Und nun stell' dir mal vor: Ein Grundstück im Wald, das durch einen Messfehler praktisch unter den Tisch gefallen ist – die einen glauben, es gehört zu den anderen, die anderen glauben, es gehört zu den einen – na, das ist doch eine gute Ausgangsbasis für ein krummes Ding. Du kannst bauen – ohne Baugenehmigung, denn die Bauämter von Ginsberg und Urbach sind ja sozusagen gegenseitig nicht zuständig. Du kannst einen Puff betreiben, ohne dass dir einer auf die Finger klopft, denn alle zuständigen Stellen, mit denen man Ärger bekommen könnte, sind ja neutralisiert, sogar die Polizei. Wenn nicht gerade jemand im Tip-Top-Club abgemurkst wird, hat man sogar Ruhe vor irgendwelchen Razzien. Man kann sein Ding durchziehen, ohne dass es irgendwelchen Ärger gibt."

„Und meinst du, auch noch steuerfrei?"

„Da bin ich mir allerdings nicht so sicher. Aber wie die das mit der Steuer machen, die Betreiber dieses Waldpuffs, das würde mich auch mal interessieren."

Benno war mittlerweile ziemlich sprachlos.

Das war ja ein dolles Ding.

Wenn die Bremer Damen wüssten, dass sie demnächst im Niemandsland auftreten würden. Da hätten sie wahrscheinlich sogar eher Helgoland vorgezogen.

Benno schenkte Wein nach. August nahm einen großen Schluck, mittlerweile wirkte er etwas erschöpft.

Benno zündete seine Donnerstagspfeife an und blies den Rauch einigermaßen rücksichtsvoll an die niedrige Zimmerdecke. Er dachte einen Moment nach, dann sagte er:

„Derjenige, der den Vermessungsfehler bemerkt hat, hat ihn also für sich genutzt oder den Tipp weitergegeben. Aber wer könnte solch einen Fehler bemerken? Etwa eine Erdkundelehrerin?"

„Denk' mal nach, mein Lieber, wer hat mit Messtischblättern zu tun und kennt sich darüber hinaus in Stadt und Kreis gut aus? Na?"

„Das Bauamt! Herr ..."

Und im Chor sprachen sie, während sie noch einmal feierlich ihre Gläser erhoben:

„ ... Friedensreich Sowieso!"

17. Kapitel

Feierabend!

„Herr Sinowsky" hatte den Ford Transit auf dem Hofplatz des Hauptgeschäftes der Tipptopp-Reinigung abgestellt und noch einmal sorgfältig den Kofferaufbau ausgefegt.

Er schloss den Wagen ab und ging durch die Hintertür in die Reinigung, vorbei an den zu sortierenden oder bereits sortierten Wäschebergen, zum Büro, wo er abends den Wagenschlüssel in dem kleinen Schlüsselschrank direkt neben der Tür deponierte.

„'n Abend, Herr Heynrich!", sagte er mit dem beinahe unmerklichen Berliner Akzent, der ihm während seiner Tätigkeit in diesem Institut in Fleisch und Blut übergegangen war.

Nein, auch Frau Widderich, da war er sich ganz sicher, hatte ihn nicht erkannt und sah offensichtlich keinerlei Querverbindungen zu dem Herrn, der vor einiger Zeit das Kleid seiner Frau reklamiert hatte, und auch nicht zu dem blinden Herrn mit der schwarzen Brille, der sie mit seinem älteren Begleiter und dem „Blindenhund" etwas in Verlegenheit gebracht hatte.

Wenn es die Zeit erlaubte, pflegte er sich sogar recht locker mit der Widderich zu unterhalten, wobei er hin und wieder ein paar glaubhafte Sinowsky-Stories einflocht, die ihr zeigen sollten, dass dieser Aushilfsfahrer schon ein bisschen in der Weltgeschichte herumgekommen war und dies und das erlebt hatte.

Frau Widderich ihrerseits sprach von Alltäglichkeiten, von dem, was sie gerade im Fernsehen gesehen oder in der Bild-Zeitung gelesen hatte. Oder sie sprach von ihren Kindern, wobei sie sie – je nach Tagesform – als halbe Wunderkinder oder halbe Teufelsbraten schilderte.

„Guten Abend, Herr Sinowsky – schönen Feierabend – und bis morgen!", wurde ihm erwidert.

Oh, es war gar nicht der Volkert Heynrich, der Chef, der da am Schreibtisch saß, sondern der jüngere Herr Heynrich, der Joachim Heynrich.

Dieser stand plötzlich auf und wandte sich Benno zu:

„Äh, eine kleine Frage hätte ich noch – kennen Sie sich noch mit Plattenspielern aus?"

Benno stutzte.

Was hatten Plattenspieler mit dem Reinigungswesen zu tun?

Er antwortete aber:

„Ja, eigentlich schon."

„Fein, wenn Sie noch einen Moment Zeit hätten, ich hab' da ein kleines Problem mit meinem Plattenspieler."

„Ja, sicher," sagte Benno, „ich hab' jetzt nichts Besonderes vor."

„Dann darf ich Sie kurz mit nach oben bitten ..."

Joachim Heynrich ging durch das Treppenhaus voraus und schloss die Tür zu seiner kleinen Wohnung, die über dem Geschäft lag, auf.

„Kommen Sie `rein, Herr Sinowsky. Ja, das ist mein Reich. Früher hat mein Bruder auch hier gewohnt, ist aber schon lange her, jetzt wohnt er außerhalb."

Benno schaute sich interessiert um.

Eine solche Ansammlung von allem möglichen Kitsch hatte er lange nicht zu Gesicht bekommen.

Das Zimmer, das offensichtlich Joachim Heynrichs Wohnzimmer darstellen sollte, war dermaßen mit allen möglichen Nippes überladen, dass Benno nur noch staunen konnte.

Der elektrische Kamin und der Zimmerspringbrunnen allein waren noch nicht einmal das Schlimmste.

Joachim Heynrich schien ein Sammler von Stofftieren, Trachtenpuppen, Schlümpfen, Automodellen und entsetzlichen 3-D-Bildern zu sein.

Er bahnte sich den Weg zu seiner Musikanlage.

„Wissen Sie, natürlich habe ich auch einen CD-Player, aber ich höre auch meine alten Schallplatten immer noch sehr gern. Na, und seit einigen Tagen geht der Plattenspieler nicht mehr so, wie er soll. Am besten, ich zeige Ihnen das mal."

Benno schaute zu, wie der junge Herr Heynrich sorgfältig eine Langspielplatte von Jim Reeves aus der Hülle nahm und peinlich darauf bedacht war, die Oberfläche nicht mit den Fingern zu berühren. Er legte die Platte auf den Plattenteller und drückte auf *Start*.

Der Teller begann sich zu drehen, und der Tonarm schwenkte nach links und senkte sich dann leicht ab. Aber statt dass der Saphir oder Diamant (oder welch anderes Edelgestein Joachim Heynrich auch immer in seinem Tonabnehmersystem verwendete) sich gekonnt auf die Rille setzte, rutschte er nach rechts ab und verweigerte sozusagen das Vinyl.

„Hmm," meinte Benno, „vielleicht liegt es ja an der Platte."

„Hab' ich auch schon gedacht, aber bei den anderen Platten ist es genauso."

Benno betrachtete den Plattenspieler intensiv. Nun, ein wenig kannte er sich schon aus. So ein ähnliches Problem hatte er auch schon mal gehabt. Richtig, da hinter dem Tonarm war doch so eine kleine Stellschraube.

„Haben Sie vielleicht einen kleinen Kreuzschlitz-Schraubenzieher?"

Joachim Heynrich war schon in der Küche verschwunden und kehrte sogleich mit dem gewünschten Werkzeug zurück.

„Hier", sagte Benno, „kann man den Tonarm ausbalancieren."

Er drehte etwas an der Schraube und drückte dann auf *Start*. Diesmal war es noch schlimmer, aber er erkannte, dass er die Schraube nur in die falsche Richtung gedreht hatte.

Beim zweiten Versuch klappte es, und der Saphir senkte sich dort hinein, wo er hineingehörte.

Jim Reeves begann leider zu singen.

Joachim Heynrichs Augen leuchteten.

„Toll!", sagte er.

Er fand, dass er Herrn Sinowsky etwas schuldig war und bot ihm ein Tuborg Export an. Benno nahm es dankbar an, erstens hatte er Durst und zweitens war das eine gute Gelegenheit, Joachim Heynrich etwas näher kennen zu lernen.

Es entwickelte sich ein durchaus anregendes Gespräch, nachdem Benno einen freien Platz auf einem Sessel zwischen zwei rosa Stoffhasen ergattern konnte.

Heynrich junior erzählte von seiner Schallplattensammlung, die er glücklicherweise aber nicht im Einzelnen zeigte. Seine Vorliebe galt trotz seines eigenen Alters wohl der Musik der fünfziger Jahre, ob deutsch, ob international und so weiter. Das Sammelsurium um ihn herum erklärte er damit, dass er sich von nichts trennen könnte und einfach alles aufbewahren müsste.

Wenn ich so leben würde, würde ich nach spätestens drei Wochen in der Klapsmühle landen. Komischer Typ. Schwul? Oder einfach nur seltsam?

Joachim Heynrich seinerseits war offenbar der Meinung, dass er sich hervorragend mit Herrn Sinowsky unterhielt. Nach dem zweiten Bier sagte er beinahe beiläufig:

„Übrigens, ich heiße Joachim. Aber du kannst mich auch einfach Achim nennen. Prost!"

Benno musste kurz überlegen, wie Sinowsky mit Vornamen hieß. Er wollte jetzt nichts falsch machen.

„Bertram! Zum Wohle, Achim. Nett hast du's hier."

Im Laufe der nächsten halben Stunde konnte Benno vorsichtig einige Informationen aus „Achim" hervorkitzeln.

Sein Bruder Volkert hatte das Geschäft von den Eltern geerbt, Achim hatte sich in verschiedenen Berufen versucht, leider immer ziemlich erfolglos, sein Bruder hätte ihn dann dankenswerterweise in die Firma aufgenommen.

Sie hätten hier beide einige Zeit zusammen gewohnt, dann hatte der Bruder geheiratet, ja, im Geschäft gab es viel zu tun, und Achim hatte immer mehr Aufgaben übernehmen können, zum ersten Mal hatte er wohl so etwas wie beruflichen Erfolg verspürt, der Bruder sei zwar immer noch der Chef, aber er würde sich auch noch geschäftlich um etwas anderes kümmern. Bei Benno klingelte eine innere Alarmglocke.

Was mochte das zweite Eisen im Feuer von Volkert Heynrich sein?

Das müsste man eigentlich herausfinden können!

Benno beschloss, einfach ganz offen zu fragen, so verfänglich wäre die direkte Frage wohl nicht.

Aber in diesem Moment stand Achim auf und sagte:

„Bertram, tut mir Leid, ich muss jetzt wieder nach unten, Maschine 2 ist bestimmt längst fertig. Du – und danke noch mal für deine Hilfe!"

„Ja, vielen Dank auch," Benno wies auf die leeren Bierflaschen, „also dann bis morgen!"

18. Kapitel

„Nein, Iris, wir sollten heute lieber nicht in den Tip-Top-Club gehen, auch wenn es Emmas, Annas und Marias erster Auftritt dort ist. Dieser Laden ist ein Pe-U-Eff-Eff, kein richtiger Nachtclub im üblichen Sinn. Dort mit seiner eigenen Frau zu erscheinen dürfte die Toleranz aller Beteiligten doch etwas überstrapazieren!"

Iris schien schwer enttäuscht zu sein.

Sie hätte wirklich sehr gern gesehen, wie die anderen Mädels beim Publikum ankämen.

Und das, was Benno da gerade gesagt hatte, na gut, das mochte ja stimmen, so naiv, wie er vielleicht manchmal dächte, war sie ja nun wirklich nicht mehr.

Das sagte sie aber nicht, sondern dachte es nur. Eigentlich war es ja auch ganz rührend, dass Benno so um ihr Seelenheil besorgt war.

„Die Mädels" waren schon um ca. 18 Uhr mit dem VW-Bus losgefahren und hatten noch gemeint, sie würden wohl im Club übernachten, es sei denn, man würde sie auf offener Bühne auspfeifen und der Geschäftsführer würde sie wieder rausschmeißen.

Benno hatte sie schon gestern schonungsvoll darüber aufgeklärt, dass der eigentliche Bestimmungszweck des Tip-Top-Clubs nicht der gepflegte Musikgenuss mit kultiviertem Engtänzchen plus teuren Getränken wäre, sondern die Beseitigung erotischer Staus bei vorwiegend zahlungskräftigen, älteren Herren.

Dies hatte sie nicht schockiert, sondern eher ihre Neugierde, vielleicht auch ihre Phantasie angeregt.

Anna hatte sich in der Stadt noch einige Noten besorgt, zum Beispiel eine Klavierbearbeitung für den *Bolero*, den sie für das, was sie im Tip-Top-Club zu erwarten glaubte, sehr passend fand. Überhaupt waren die Bremer Damen geneigt, sich auch rein äußerlich ihrem zukünftigen Arbeitsplatz anzupassen. Sie erwarben einige noch gewagtere Kleidungsstücke, als sie ohnehin bei ihren bisherigen Auftritten zu tragen pflegten, und sie versuchten sich durch äußerst starkes Make-up gegenseitig zu übertrumpfen. Allein Maria wurde darauf hingewiesen, dass sie doch einen etwas weniger auffälligen Lippenstift tragen sollte, sie sähe sonst aus wie das lebende Werbeplakat für ein internationales Küssturnier.

Ferner hatte Benno die Bremerinnen etwas näher über seine bisherigen Ermittlungsergebnisse informiert, insbesondere darüber, dass der Tip-Top-Club möglicherweise eine entscheidende Rolle beim Verschwinden von Stadtrat Sowieso gespielt haben könnte.

Emma versprach, in allen Mülltonnen nach dem Stadtrat zu schauen. Anna, wenigstens etwas ernster, erklärte sich dazu bereit, Augen und Ohren offen zu halten und sich unauffällig beim stehenden, gehenden und besonders zeitweilig liegenden Personal umzuhören. Eigentlich sei es ja ein Skandal, dass es heutzutage noch so eine Ausbeutung von Frauen gäbe, das sei ja überhaupt das letzte. Aber man wollte sich ruhig einmal vor Ort über die tatsächlichen Verhältnisse informieren und die ganze Sache möglichst vorurteilsfrei angehen.

Bennos zaghafter Einwand, ob es sich vielleicht nicht eher um eine Art gegenseitiger Ausbeutung handelte, wurde schlichtweg ignoriert.

Maria Magdalena erklärte abschließend, sie seien ja als Musikerinnen da und nicht als Sozialarbeiterinnen. Im übrigen hätten sie sich auch noch nicht endgültig auf einen Namen für ihre Truppe geeinigt, man würde „als Arbeitstitel" wohl zunächst noch bei *Mystic Girls* bleiben, unter diesem Namen waren ja Anna, Emma und Iris beim Polizeiball in Hannover aufgetreten, und der in diesem Milieu vielleicht passendere Name *Powerpuff Girls* sei ja schon anderweitig vergeben.

„Also, meine Lieben," hatte Benno als mahnendes Wort zum Abschied gesagt, „passt gut auf euch auf, lasst euch nicht mit dem horizontalen Personal verwechseln!"

„Wenn sich eine einsame Wanderin zu uns verirrt, wird sie an meinem Busen wohl Labsal finden", zitierte Emma. Das heißt, Benno war sich da nicht so sicher, ob es sich überhaupt um ein Zitat gehandelt hatte.

Nun denn, Benno brauchte sich um seine geliebten Schwestern wohl keine Sorgen zu machen, dass sie im Waldpuff unter die Räder kommen könnten.

Erstens waren sie ja zu dritt dort, zweitens ließen sie sowieso keine Wesen des anderen Geschlechts an sich heran, und drittens, ja, was war das noch – ach ja, Emma und Anna könnten sich ja durch einen ihrer berühmten Zwillings-Tauschtricks aus jeder unangenehmen Situation herauslavieren. Und um Maria – um die musste man sich allein wegen ihres Aussehens keinerlei Gedanken machen.

„Du, sag' mal Benno," knüpfte Iris den Gesprächsfaden wieder an, „warum gehen denn so viele Männer in einen – Puff?"

Benno wurde innerlich etwas rot. Würde Iris ihn als nächstes fragen, ob er selbst schon einmal ein solches Etablissement aufgesucht hatte? Wenn er ganz ehrlich auf eine solche Frage antworten müsste, würde er sagen, dass er „damals in Hannover" einmal aus einem gewissen erotischen Leidensdruck ein solches Haus aufgesucht hatte, aber, als es mit der Dame zur Sache gehen sollte, hatte er es derart mit der Angst zu tun bekommen, dass er sich mit der Bemerkung „Tut mir Leid, mir fällt gerade ein, dass ich dringend telefonieren muss!" aus dem Staub gemacht hatte.

Die damalige Dame hatte sich als gar nicht so damenhaft erwiesen, denn sie hatte noch derart hinter Benno hergeschimpft und gekeift, dass es der halbe Stadtteil hätte hören müssen.

Seitdem war Benno eigentlich von derartigen Anfechtungen nicht mehr heimgesucht worden. Aber, was sollten diese Gedanken, Iris wartete immer noch auf eine einigermaßen konkrete Antwort auf ihre tatsächlich gestellte Frage. Also sagte Benno:

„Naja, ich denke, zum einen haben sie vielleicht gerade keine Frau oder Freundin. Oder sie dürfen sich bei ihrer Frau nicht das erlauben, was sie sich gern erlauben würden. Es gibt da ja alle möglichen Spielarten der Sexualität."

Iris schaute ihn neugierig an.

Benno kam sich vor, als wäre er eine Mischung aus Dr. Sommer und Erika Berger. Eigentlich war ihm das ganze Thema eher unangenehm. Iris schien dies aber nicht zu bemerken, denn sie bohrte nach:

„Und du – wie ist es bei dir? Hast du auch irgendwelche unerfüllten Wünsche?"

Benno musste lachen.

„Na hör' mal, mein Schatz," und er gab Iris einen Kuss, „was denkst du denn? Aber falls ich doch mal einen ausgefalleneren Wunsch haben sollte, schreibe ich ihn auf den Wunschzettel für Weihnachten. Zufrieden?"

Iris nickte. Doch sie schien noch ein bisschen sorgenvoll zu gucken.

„Du machst dir Gedanken um die Mädels, nicht wahr?", fragte Benno, jetzt ganz Frauenversteher.

Iris nickte. Irgendwie war es ihr doch nicht ganz geheuer, dass die Bremerinnen jetzt wochenlang in einem Bordell die Bordkapelle darstellen würden. Was könnte da alles passieren?

„Du hast doch selbst gesagt, ein netter kleiner Nachtclub mitten im Wald. Was soll daran nicht in Ordnung sein?", fragte Benno.

Dann kam ihm eine Idee. Er schaute auf die Uhr. Gleich 22 Uhr.

„Was hältst du von einer kleinen romantischen Spazierfahrt, Iris? Du kannst ja fahren!"

Iris biss an. Noch ein bisschen durch die Gegend fahren und mal etwas beim Tip-Top-Club spionieren, das hatte Benno doch sicher gemeint, ja, das war eigentlich ganz nach ihrem Geschmack.

„Siehst du, alles ganz friedlich hier!", meinte Benno.

Iris war einmal langsam auf den Eingang des Tip-Top-Clubs zugefahren und lenkte den Twingo dann in Richtung „diskreter Parkplatz hinter dem Hause".

Der Parkplatz war in der Tat so diskret, dass er völlig unbeleuchtet war.

Es war bereits recht dunkel, und die Schatten der hoch stehenden Tannen (falls es keine Fichten waren) verstärkten diesen Eindruck noch.

Im Kegel des Scheinwerferlichts hatten Benno und Iris genau 27 honorige Fahrzeuge der höheren Preisklasse gezählt. Mercedes, BMW, Audi, die gesamte soziale Hühnerleiter der deutschen Automobilindustrie war vertreten. Nur eine große Jaguar-Limousine mit Frankfurter Kennzeichen fiel etwas aus dem Rahmen.

„Wahrscheinlich der Chefarzt einer Großklinik auf Hausbesuch", meinte Benno.

Iris kicherte. Sie schien diese Umgebung auf eigenartige Weise durchaus reizvoll zu finden. Dann wies sie auf die kleinen, rot erleuchteten Herzen in den Fenstern:

„Sieht doch ganz süß aus, eigentlich wie zu Weihnachten."

„Mach mal das Licht aus, da kommt noch ein Wagen!"

Iris duckte sich instinktiv und schaltete das Standlicht ab. Auch Benno hielt sich hinter der Kopfstütze verborgen. Ein großer Wagen rollte langsam auf den Parkplatz, der Fahrer war offensichtlich auf der Suche nach einer ausreichend großen und ausreichend diskreten Parklücke.

„Ich werd' verrückt," flüsterte Benno, „das ist ja der Chef!"

„Welcher Chef?", fragte Iris in ebenfalls sehr gedämpftem Ton. „Etwa Dr. Eisenhuth?"

„Nein, *mein* Chef. Ich meine, der Besitzer der Reinigung. Volkert Heynrich. Ich kenn' doch seinen Wagen – großer Volvo-Kombi. Ja, stimmt: GSB – VH 999, das ist sein Kennzeichen."

Heynrich, in der Dunkelheit war er nicht besonders einfach zu erkennen, hatte seinen Wagen verlassen und ging mit einem Aktenkoffer in der Hand in Richtung Tip-Top-Club. Ganz eindeutig, einen Moment war er im Licht eines roten Herzchens gut zu erkennen gewesen.

„Wozu braucht der denn einen Koffer? Kann man hier auch die ganze Nacht verbringen?", fragte Iris, schon eine Spur lauter.

Ja, wirklich seltsam. Dass Volkert Heynrich hier auftauchte, war vielleicht nichts Außergewöhnliches. Aber dass er einen Aktenkoffer bei sich trug, das machte ihn schon etwas verdächtig.

„Vielleicht liefert er die gereinigte Reizwäsche höchstpersönlich aus", sagte Benno, eher, um Iris zu unterhalten. „Aber fahr' noch nicht los, warte noch mal ein bisschen!"

Ganz schön spannend, fand Iris. Sie kam sich in diesem Moment auch etwas vor wie eine Detektivin. Detektivinnen – gab es da überhaupt so viele? Ihr fiel im Moment nur Miss Marple ein. Oder waren es nicht doch vorwiegend Männer? Wenn Bennos Detektei mehr Erfolg hätte, könnte sie ja auch als Detektivin einsteigen. Der Job in der Kanzlei bei Dr. Eisenhuth war manchmal schon arg langweilig. Bestimmt nicht so spannend wie das hier. Privatdetektivin Iris Ehlers! Oder besser: Privatdetektivin Iris Jenssen. Das wäre noch passender.

„Er kommt zurück!", riss Benno sie aus ihren Gedanken.

Richtig, da war dieser Herr Heynrich wieder. Das war aber schnell gegangen. Naja, manche Männer sollten ja ...

„Du, hast du gesehen, er hat nicht nur seinen Koffer dabei, sondern auch noch einen Leitz-Ordner!", sagte Benno.

Ja, das hatte Iris auch gesehen. Und sie hatte für eine Sekunde auch ganz genau das Gesicht des Mannes gesehen. Und sie hatte ihn erkannt:

Diesem Herrn hatten Emma, Anna und Maria doch vorgespielt, es war der Geschäftsführer des Tip-Top-Clubs!

„Sag', dass das nicht wahr ist!", sprach Benno, obwohl er im Inneren schon die ganze Zeit das Gefühl gehabt hatte, Tipptopp-Reinigung und Tip-Top-Club würden eine interessante Symbiose bilden.

„Natürlich ist das wahr – ich habe die drei doch neulich selbst hierher gefahren. Ganz klar, das ist der Geschäftsführer – seinen Namen hatte er da nicht genannt, oder ich hatte ihn nicht verstanden, aber wenn du sagst, es ist der Herr Heynrich von der Reinigung, dann stimmt es eben. Klar, es ist hundertprozentig der Besitzer der Reinigung!"

Benno stieß einen leisen Pfiff aus.

Er hatte das Gefühl, die ganze Zeit auf der richtigen Spur gewesen zu sein.

Das müsste er August sagen, der würde Augen machen ...

Aber jetzt, nein, jetzt hatte Benno Augen für Iris.

„Lass' uns fahren, wir haben noch einen gemütlichen Abend vor uns. Wir machen uns eine Flasche Nachtschattenberg auf und feiern ein bisschen, die Kinder übernachten heute woanders *(womit er auf die Bremerinnen anspielen wollte)*, und dann erzähl' ich dir vorab schon mal ein paar meiner Weihnachtswünsche."

Iris startete ihren Twingo und fuhr mit sittsam abgeblendeten Scheinwerfern vorbei an dieser eher unsittlichen Stätte. Vielleicht aber würde die Unsittlichkeit für heute Abend doch noch etwas auf Benno abfärben ...

19. Kapitel

Bonifatius Wangenberg, Fuhrunternehmer aus Neuhausen (ca. eine Autostunde von Ginsberg entfernt), lehnte sich entspannt in dem bequemen Sessel zurück.

Seine neuen Geschäftspartner, die Herren Sven-Erik Olsen und Kent Nielsen aus Kopenhagen, hatten heute Nachmittag in seinem Büro einen Vertrag unterzeichnet, der ihm den wöchentlichen Transport von 120 Tonnen Rinderhälften von der dänischen Hauptstadt nach Palermo für zunächst einmal ein Jahr zusicherte.

Es waren zähe Verhandlungen gewesen, die Konkurrenz gerade des dänischen Lastfuhrgewerbes war äußerst hart, aber Bonifatius hatte den Repräsentanten des Kopenhagener Ochsenwesens neben dem etwas günstigeren Preis auch noch die modernere LKW-Flotte (er hatte gerade 10 neue Kühllastzüge angeschafft) und seine branchenbekannte Zuverlässigkeit in die Waagschale werfen können.

Nach einer kurzen telefonischen Rücksprache mit ihrer Geschäftsleitung, die in seinem Beisein geführt wurde und von der er nicht ein einziges Wort verstanden hatte, dieses Dänisch war ja ein entsetzliches Kauderwelsch, hatten Herr Olsen und Herr Nielsen freundlich genickt und zu verstehen gegeben, dass man nun doch endlich den Vertrag unterzeichnen und dann zum gemütlichen Teil übergehen könnte.

Seiner Frau Mechthild hatte es eigentlich überhaupt nicht behagt, dass ihr Boni sich auch noch am Wochenende mit geschäftlichen Dingen herumschlug. Er konnte sie aber schließlich davon überzeugen, dass es bei diesem äußerst wichtigen Geschäftsabschluss letztendlich um die Zukunft der Firma und damit auch um ihre Bonität beim Hairstylisten und bei der Kosmetikerin ginge. Daraufhin war sie sozusagen auf den Rastplatz abgebogen und hatte gemeint, dann könnte sie ja auch an diesem Wochenende mal mit den Kindern allein ins *Disneyland Paris* fahren, das hätten sie ihnen doch schon längst versprochen.

Unter ökonomischen Gesichtspunkten hielt Bonifatius eine solche Fahrt, man nannte das wohl *Kurztrip*, für baren Unsinn, aber heute gerade passte es ihm recht gut, denn dann könnte er sich voll und ganz seinen Gästen widmen.

Sven-Erik und Kent, beide etwa vierzig Jahre alt, blond und blauäugig, aber so was sollte in Dänemark ja nicht selten sein, hatten zunächst darauf bestanden, in Bonifatius' luxuriöser Küche ein paar eigens zu diesem Zweck mitgeführte Steaks zu braten, um auch ihn von der Qualität der dänischen Ochsenschaft zu überzeugen. Dazu hatte es einige einheimische Biere gegeben (darunter auch das unter Kennern durchaus gelobte *Ginsberger Weizen*) und einige Gläschen eines undefinierbaren Gebräus, *Gammeldansk* genannt, das Sven-Erik und Kent ebenfalls mitgebracht hatten.

Nach dem zweiten Schnaps (wenn es denn ein Schnaps war, denn für Bonifatius hatte er wie eine Mischung aus Teer und Kräutertee geschmeckt) war man zum offiziellen *Du* übergegangen, was den Neuhausener Fuhrunternehmer jedoch nicht sonderlich überrascht hatte, da er sich bereits im Internet hinreichend über die eher lockeren dänischen Sitten und Gebräuche informiert hatte.

Da die beiden Dänen ihn mit einem so vorzüglichen Steak beköstigt hatten, fühlte Bonifatius sich gemüßigt, seinerseits für die Unterhaltung am späteren Abend zuständig zu sein.

Er hatte das Gefühl, dass er diesen beiden Nordmenschen noch ein besonderes kulturelles Erlebnis zukommen lassen müsste. Ihm war diese verschwiegene Lokalität eingefallen, und als er den beiden seinen Vorschlag unterbreitete, hatten sie nur die Finger auf den Mund gelegt und „Aber ... pssst!" gesagt. Diese Geste hatte ihn so erheitert und auch gleichzeitig erleichtert – auf keinen Fall sollte seine Frau etwas von diesem abendlichen Vorhaben erfahren – dass er sie sogleich nachahmte und ebenfalls „Aber ... pssst!" sagte, mit einem verschwörerischen Zwinkern in den Augen.

Bonifatius hatte ein Taxi kommen lassen, der Fahrer war ihm glücklicherweise nicht bekannt, er wollte weder deutsche noch dänische Führerscheine in Gefahr bringen. Außerdem wäre es doch etwas unangenehm gewesen, wenn irgendjemand seinen 700-er BMW auf dem Parkplatz dieses Lokals, das er offiziell gar nicht kannte, sehen oder gar wieder erkennen würde.

Bonifatius ergriff das Glas mit dem 20-Euro-Cocktail und prostete Sven-Erik und Kent zu. Er schaute sich kurz in der Bar um. Wie immer – diskrete, gedämpfte Beleuchtung, wohlproportionierte Bedienung und angenehme Hintergrundmusik. Der Pianist schien wohl neu zu sein, Bonifatius konnte ihn von seinem Platz aus nicht sehen, aber er spielte ganz ausgezeichnet.

Er nickte zufrieden, und auch seine beiden Gäste schienen sich überaus wohlzufühlen.

Nach einiger Zeit gesellten sich einige relativ spärlich gekleidete Damen zu ihnen, denen Bonifatius eine Runde „Getränke nach Wahl" ausgab.

Man unterhielt sich gut – ja, man konnte hier sogar mit den Damen reden, denn es waren keine Ausländerinnen aus Moldawien, Litauen oder von der Venus, wie es in anderen Etablissements in der Regel der Fall zu sein pflegte.

Mit einem wohlwollenden Blick auf die üppige Rothaarige, die sich bereitwillig auf seinen Schoß gesetzt hatte, träumte Bonifatius von den Wonnen späterer Stunden. Er fühlte sich als großzügiger Gönner und wäre, wenn es die Situation erlaubt hätte, gerne auf eine Frage an seine dänischen Freunde verfallen wie: „Nicht wahr, so nette Puffs gibt es bestimmt nicht bei euch, oder?"

Bonifatius wusste, wie der Abend weiter verlaufen würde. Man würde noch ein paar gepflegte Drinks mit den Damen nehmen, „zur Auflockerung", und dann würde man sich nach und nach unauffällig in die sehr unterschiedlich gestalteten oberen Räumlichkeiten zurückziehen, um sich dann – nach einiger Zeit, denn man ließ sich wirklich Zeit hier – an der Bar wieder zu treffen. Ein ganz vorzüglicher Abend also. Wenn er einmal nach Kopenhagen käme ...

Der Pianist machte eine Pause, stand vom Flügel auf und ging in die Mitte der Bühne. Er trug tatsächlich einen Frack, so was, aber es war gar kein Mann, sondern eine Frau:

„Meine Damen, meine Herren, der Höhepunkt des Abends – zu Ihrer Unterhaltung – die *Mystic Girls*!"

Irgendwie war Bonifatius diese Frau im Frack bekannt vorgekommen. Hatte sie hier schon einmal am Flügel gesessen? Er konnte sich nicht erinnern.

Im Scheinwerferlicht teilte sich der rote Vorhang, und es traten zwei Damen in den Lichtkegel, die völlig identisch aussahen. Zunächst glaubte Bonifatius an einen Trick mit Spiegeln. Nein, das konnte nicht sein, ihre Bewegungen waren durchaus unterschiedlich. Sie sahen schon toll aus, nicht mehr ganz jung, aber wohlgestaltet, in Abendkleidern mit so tiefem Ausschnitt, dass man befürchten, nein, erhoffen musste, dass ...

Bonifatius rückte seine Rothaarige etwas zur Seite, damit er besser sehen konnte. Diese beiden Sängerinnen kamen ihm auch bekannt vor, aber woher?

Sie begannen ihre erste Darbietung, eine besonders einfühlsame Version von *To love somebody*.

Diese Stimmen!

Diese Stimmen???

Brauchte er nun doch bald eine Brille? Das war doch nicht möglich! Diese beiden waren doch wohl die Schwestern von seinem Fast-Schwager, diesem Detektiv Benno Jenssen.

Aber wie das?

Sie waren doch Lehrerinnen, oder?

Ja, und diese Frau im Frack, die mit dem breiten Mund, die war doch neulich auch bei Iris und Benno gewesen.

Nein, kein Zweifel. Sie waren es tatsächlich.

Bonifatius verlor für einen Moment die Fassung, was niemand bemerkte, nicht einmal die Rothaarige, die gerade verträumt sein Knie streichelte. Dann beschloss er, sich so unauffällig wie möglich mit seiner Dame nach oben zu verdrücken.

Was war eigentlich peinlicher? Lehrerinnen, die im Puff sangen, oder Fuhrunternehmer, die in den Puff gingen?

Er wollte es lieber nicht auf eine Konfrontation ankommen lassen und hoffte, die Damen würden vom Scheinwerferlicht so geblendet sein, dass sie ihn beim Weggehen nicht entdeckten. „Komm, lass und nach oben gehen!", flüsterte er der Rothaarigen zärtlich ins Ohr.

„Du hast es aber eilig! Aber hoffentlich bist du oben etwas langsamer!", flüsterte sie.

„Sven, Kent – wir treffen uns nachher draußen!", hauchte er noch den Dänen zu, die ihrerseits mit ihren Damen intensiv beschäftigt waren und eigentlich noch gar nicht daran dachten, dass dieser Abend irgendwann einmal wieder zu Ende sein könnte.

So gut es ging, seine Begleiterin als Deckung benutzend, schob Bonifatius sich in Richtung Treppe.

Wenn sie ihn bloß nicht erkannt hatten!

Aber: Singen konnten die, das musste man ihnen lassen!

20. Kapitel

Ding-dong-ding-dong, ding-ding-ding-dong.

„Das sind Emma, Anna und Maria!", rief Iris aus der Küche. Sie hatte ihren Bremer VW-Bus schon ankommen sehen und hören.

Benno legte im Wohnzimmer die letzte Kuchengabel neben den Teller, er war gerade beim Tischdecken für das Sonntagnachmittags-Kaffeekränzchen, und ging öffnen.

„Hallo, da seid ihr ja, ihr Lieben!"

Emma, Anna und Maria traten ein. Sie hatten ihre Reisetaschen bei sich, denn sie hatten – wie angekündigt – im Tip-Top-Club übernachtet und hätten jetzt erst mal wieder frei bis Dienstag. Dienstagabend, Mittwochabend, Freitagabend und Samstagabend – das waren ihre künstlerischen Verpflichtungen. An den anderen Tagen (außer Montag, da war offizieller Ruhetag) mussten sich die Gäste mit dezenter Musik vom Plattenteller zufrieden geben.

„Kommt erst mal rein, ihr müsst ja ganz erschöpft sein", sagte Iris, die mit der Thermoskanne aus der Küche kam.

In der Tat, ein kleines bisschen übernächtigt sahen die Bremer Damen schon aus, oder lag es nur an dem fehlenden Make-up?

Sie ließen ihre Taschen im Flur stehen und folgten Iris und Benno ins Wohnzimmer, wo die reichlich gedeckte Kaffeetafel ihrer harrte.

Benno hatte Pflaumenkuchen gebacken, mit Hefe, was nicht leicht war und ihm dennoch gelungen war. Er war mächtig stolz, versuchte aber, es sich nicht anmerken zu lassen.

„Nun erzählt schon," drängte Iris, deren Phantasie mehr als nur gering beflügelt war, „wie war's denn so im Puff?"

Benno musste staunen. So eine Ausdrucksweise hätte er „Fräulein Ehlers" nie zugetraut, als er ihr zum ersten Mal in der Kanzlei Dr. Eisenhuth begegnet war.

„Nett war's," begann Emma, die sich ein tüchtiges Stück Pflaumenkuchen auf den Teller geladen hatte – sehr zu Bennos Freude – , „eigentlich richtig gemütlich. So hätte ich mir das gar nicht vorgestellt. Ich hatte immer gedacht, so ein Bordell wäre etwas fürchterlich Brutales, wo nur das Geld zählt."

„Naja, naja," wandte Anna ein, „umsonst sind die Nummern bei uns ja auch nicht gerade."

Sie schien sich ja bereits mit der Diktion dieses Etablissements zu identifizieren.

Nun war Maria am Zuge: „Also, ich hab' mir fast die Finger wund gespielt, zum Glück hatte ich genug Noten, na, und manchmal hab' ich auch etwas improvisiert. Gottseidank kamen die Gäste nicht mit irgendwelchen Musikwünschen, aber die waren ja viel zu sehr mit dem Herumfummeln an ihren Mädchen beschäftigt."

„Und euch hat man nicht belästigt?", fragte Benno sorgenvoll.

„Die Gäste – gar nicht. Aber der Koch, der war schon arg hinter mir her!", sagte Emma.

„Oder hinter mir!", verbesserte Anna.

„Was aufs Gleiche herauskommt", schlichtete Benno den aufkeimenden Zwillingsstreit.

„Und wie funktioniert der ganze Laden, habt ihr da etwas mitbekommen?", fragte Benno.

Anna meldete sich zu Wort:

„Ich hab' dir doch versprochen, dass ich Augen und Ohren offen halte! Also: Zunächst mal sieht der Club von außen gar nicht so groß aus, aber innen – wahrscheinlich, weil alle Zimmer so klein sind – na, von innen sind es ziemlich viele Räume. Wir mussten uns zum Schlafen allerdings zu dritt in so eine Art Rumpelkammer quetschen. Aber, wie gesagt, die anderen Zimmer: Ich schätze, da sind etwa zwölf *Gästezimmer*, wie sie im Club genannt werden. Es sind aber mehr Mädchen da, also: Schichtbetrieb. Wie das organisiert wird, ist mir ein Rätsel. Aber – da muss jeden Tag ein ganzer Berg Bettwäsche anfallen."

„Ein Fall für die Tipptopp-Reinigung. Ist doch ganz praktisch, oder?", meinte Iris. Sie klärte die Bremerinnen über ihre Entdeckung auf, dass der Besitzer der Tipptopp-Reinigung gleichzeitig Geschäftsführer des Tip-Top-Clubs war.

„Ja, der Chef," sagte Maria, „ich hab' gehört, der soll nur ab und zu mal auftauchen und nach dem Rechten sehen. Das tatsächliche Kommando hat Molly Schmitt, sie heißt eigentlich Molina mit Vornamen, und stellt euch vor, die ist letztens schon 60 geworden! Hätt' ich nicht gedacht. Ich hätte eher gedacht, sie sieht aus wie Mitte 50, aber ist in Wirklichkeit erst 38. Also, die Schmitt, die Molly, die schmeißt den Laden. Organisiert wohl alles, was halt so anliegt. Macht sie wohl schon ziemlich lange."

„Und die Mädchen, äh, Frauen, wo kommen die her?", erlaubte sich Benno zu fragen, ohne seiner Stimme einen zu neugierigen Klang zu verleihen.

„Soweit ich das mitbekommen habe," sagte Anna, „sind die allermeisten Deutsche, sogar Hessinnen, man legt wohl Wert darauf, sich von anderen Etablissements abzuheben. Und sie sind eigentlich alle Stammpersonal, das heißt, die meisten sind schon seit einigen Jahren im Betrieb."

Benno stellte sich gerade vor, wie der „Tip-Top-Betrieb" mit einem Bus auf Betriebsausflug ginge. Wäre sicher eine ganz lustige Veranstaltung.

„Also, ich hab' auch was mitbekommen," sagte Emma, die nicht alles ihrer Schwester überlassen wollte, „ich habe mich mal ein bisschen mit einer Henriette, einer Karen und einer Silvia unterhalten, in der Küche, sie hatten gerade Pause. Die Konditionen sind wohl ganz fair, und Molly Schmitt soll angeblich auch so etwas wie einen Rentenfonds für Ehemalige führen, kann ich mir allerdings gar nicht so recht vorstellen. Aber – noch was – der Name *Friedensreich* ist gefallen!"

Benno staunte nicht schlecht. Friedensreich Sowieso wurde erwähnt – und das schon am ersten Abend?

Emma fuhr fort:

„Reiner Zufall. Ich hatte einfach gesagt, nachdem sie mir alles in so rosa Bonbonfarben geschildert hatten, wie toll doch der ganze Club wäre, das sei ja das reinste Paradies, fast schon eine Art *Friedensreich.* – Und als dieses Wort gefallen war, hatten die drei sich so merkwürdig verschwörerisch angeschaut, und eine sagte noch: *Friedensreich – hör' bloß auf mit dem Friedensreich – nur weil der ein alter Kumpel vom Chef war, dachte er, er könnte hier fast jeden Abend auftauchen und alles umsonst haben. Der war ja unersättlich, der Mann. Selbst drei waren ihm nicht genug.* Verstehst du, alter Kumpel vom Chef ..."

Benno nickte und erklärte, dass er auch schon einen Zusammenhang zwischen dem Tip-Top-Club und Friedensreich Sowieso gesehen hätte. Ein alter Freund von Heynrich, vielleicht aus seligen Schultagen? Das erklärte wohl manches. Man müsste nur nachweisen können, dass Volkert Heynrich und Friedensreich Sowieso schon früher miteinander verbandelt waren.

„Puh, ich kann nicht mehr. Aber dein Pflaumenkuchen ist spitze!", sprach Emma, während sie ihre Verdauungszigarette drehte.

„Ja, Feuer frei", meinte Benno, der auch bereits seine Sonntagspfeife aus der Hosentasche gezogen hatte. „Und nun dürft ihr gerne noch von ein paar etwas pikanteren Club-Details berichten!"

21. Kapitel

„Tut mit schrecklich Leid, dass ich dich ausgerechnet an deinem ersten Ferientag heimsuchen muss, alter Junge", sagte August Bammel zum Oberstudiendirektor Dr. Hanns Glöckner, der dem altehrwürdigen Ginsberger *Kurfürst-Conradin-Gymnasium* vorstand.

Dr. Glöckner, für August schlicht *der Hanns*, war nur wenige Jahre jünger als er und auch seit Menschengedenken Mitglied im Ruderklub Ginsberg, wie August allerdings seit geraumer Zeit in der Seniorenriege, die sich während der Saison einmal wöchentlich zum Training versammelte und ansonsten vorwiegend dem geselligen Beisammensein frönte.

August hatte Hanns bereits gestern Abend angerufen, nachdem er seinerseits vorher schon fast eine Stunde mit Benno telefoniert hatte.

Hanns hatte ihm gesagt, am Montag wäre zwar der erste Ferientag, aber in der ersten Ferienwoche sei er doch täglich einige Stunden in der Schule, um Liegengebliebenes aufzuarbeiten und auch ein Auge auf die anstehenden Renovierungsarbeiten zu haben.

August hatte noch vorsichtig angefragt, ob er denn seinen Hund mitbringen dürfte, normalerweise seien Hunde in öffentlichen Schulen doch eher verboten, es sei denn, es handelte sich um Hundeschulen, und Hanns hatte ihm erklärt, dies sei überhaupt kein Problem, zumal er quasi die einzige Person im Hause sei. August möge nur bitte seinen Hund nicht frei im Gebäude herumlaufen lassen.

„Na, August, kommen wir mal zur Sache, du hast da gestern schon so was angedeutet, aber mir ist noch kein rechtes Licht aufgegangen. Wo drückt also der Schuh?", fragte der Oberstudiendirektor, während er eine ziemlich gewaltige Zigarre in Brand setzte.

August Bammel ignorierte den Gestank und kam auf den Grund, aus dem er seinen Ruderkameraden aufgesucht hatte:

„Also, ich bin sozusagen inoffiziell hier, bin ja nicht mehr in Betrieb, ich meine, nicht mehr im Dienst. Aber das Gehirn eines alten Kriminalen lässt sich nicht einfach abschalten. – Du hast vielleicht gehört, dass der Stadtrat Sowieso verschwunden ist. Ja, schon seit über einem Monat. – Ich vermute da ein paar Zusammenhänge, und da brauche ich einige Informationen von dir."

„Von mir? Ausgerechnet von einem alten, harmlosen Schulmann?"

„Du hast ganz richtig gehört. Aber das, was wir hier besprechen, ist absolut vertraulich. In Ordnung?"

Dr. Hanns Glöckner nickte und streifte etwas Asche von seiner Zigarre ab.

August Bammel nahm den Faden wieder auf:

„Es geht um den Besitzer der Tipptopp-Reinigung, einen gewissen Volkert Heynrich. Heynrich mit Ypsilon. Ich würde gerne wissen, ob der vielleicht mit dem Friedensreich Sowieso einmal in dieselbe Klasse gegangen ist. Ist nur so eine Vermutung von mir."

„Sowieso," murmelte Dr. Glöckner, „der Name ist mir natürlich bekannt, ich meine, auch aus unserer Schule. So einen Namen hat man ja nicht alle Tage, und ich bin schon seit über dreißig Jahren an diesem Institut. Sowieso – klingt wie verballhorntes Französisch. Vielleicht Hugenottenfamilie oder so. Hmm. Heynrich mit Ypsilon – daran kann ich mich allerdings nicht erinnern. Aber das soll nichts heißen, immerhin haben wir zurzeit mehr als 1200 Schüler, man kann sich halt nicht an jeden erinnern. – Wenn Sowieso Schüler unserer Anstalt war, wann könnte das in etwa gewesen sein?"

August Bammel überlegte. Zu dumm, das genaue Geburtsdatum von Friedensreich Sowieso kannte er ebenso wenig wie das von Volkert Heynrich.

„Ich kann nur so ungefähr sagen, dass beide zwischen 40 und 45 Jahre alt sein könnten", sagte August Bammel, und er fügte hinzu: „Falls Sowieso noch am Leben ist."

Dr. Glöckner schaute erschrocken drein.

„Gibt es da irgendwelche Zweifel?"

„Naja, aus diesem Grunde bin ich ja bei dir, um etwas Licht in das Verschwinden dieses Herrn zu bringen."

Dr. Glöckner zog wieder an seiner Zigarre und warf seine Stirn in Falten. Man durfte seinen Gedankengang jetzt nicht stören, das war August hinlänglich bekannt.

Auch Harald hatte sein bisheriges leichtes Hecheln unterbrochen und schaute den Oberstudiendirektor erwartungsvoll an.

Endlich schien dieser zu einem gewissen Ergebnis seiner geistigen Anstrengungen gekommen zu sein.

„Wir suchen also in der Zeit von vor 30 Jahren bis vor ca. 25 Jahren. Natürlich könnten wir auf den Dachboden gehen und sämtliche alten Klassenbücher abstauben. Aber ich habe eine einfachere Idee: Unsere

Schule gibt immer zu den Sommerferien ein Jahrbuch heraus, da sind sämtliche Klassen aufgeführt, mit Namen und ab einem gewissen Jahr auch mit Klassenfotos. Da könnten wir fündig werden!"

Der Oberstudiendirektor legte seine Zigarre im Aschenbecher ab und forderte August Bammel auf, ihm in die Lehrerbibliothek zu folgen, wo neben zahlreichen weiteren überflüssigen Werken auch die Jahrbücher des Kurfürst-Conradin-Gymnasiums dem Staub zu trotzen versuchten.

„Welches Jahr haben wir jetzt, 2004?", fragte Glöckner allen Ernstes.

August nickte. Sein Ruderkamerad schien die Pensionierung auch ziemlich nötig zu haben.

„Haben die beiden Abitur?", ergänzte Glöckner.

„Bei Sowieso könnte ich es mir vorstellen, bei Heynrich vielleicht eher nicht. Wozu braucht ein Reinigungsfritze das Abi? Um Chemie zu studieren vielleicht?"

„Hmm, schauen wir lieber in der Mittelstufe nach, also Untersekunda. Und fangen wir ruhig bei 1970 an, das ist jedenfalls keine krumme Zahl."

Glöckner hatte bereits damit begonnen, die ersten zehn Jahrgänge aus dem Regal zu entfernen. Sie teilten sich die Arbeit, indem er selbst immer „die geraden Zahlen" nahm und August „die krummen". Für einen Oberstudiendirektor, der zudem noch Mathematiker war, eine etwas eigentümliche Ausdrucksweise.

Harald durfte zu seinem Leidwesen nicht mitsuchen.

Der alte Polizeihund August Bammel, wie er sich manchmal selbst zu bezeichnen pflegte, wurde fündig. In einem „krummen" Jahrgang – nämlich 1977.

In der Namensliste der U II c traf er auf beide Namen – *Volkert Heynrich* und *Friedensreich Sowieso*.

Dr. Hanns Glöckner neidete ihm den Sucherfolg keineswegs, er war eher froh, dass dieses Kapitel nunmehr beendet war.

„Und was bringt dir das jetzt?", fragte er August Bammel.

„Den eindeutigen Beweis, dass die beiden sich schon vor 27 Jahren kannten, und da liegt die Vermutung nahe, dass diese Bekanntschaft auch heute noch anhält."

August stutzte. Er war über einen weiteren Namen gestolpert, den er sogar sehr gut kannte.

„Hier, schau mal – wen haben wir denn da? *Eisenhuth, Herbert,* natürlich noch ohne Doktortitel!"

Dr. Herbert Eisenhuth – der stadtbekannte Rechtsanwalt und Notar. Er war August Bammel und Hanns Glöckner natürlich besonders gut bekannt, denn er war auch Mitglied im Ruderklub, allerdings in einer etwas anderen Altersklasse. Immerhin waren sie aber alle Kameraden und Duz-Freunde.

„Der Herbert, na, da schau her!", meinte der Oberstudiendirektor.

„Kann ich mir mal eine Kopie von dieser Seite machen?", fragte August, wobei er etwas in Sorge war, dass der Fotokopierer des Gymnasiums auch bereits in den Ferien sein könnte.

„Selbstverständlich!"

Man war in Hanns' „Chefzimmer" zurückgekehrt, und August wurde noch ein Kaffee angeboten, der sich zwar leider nur als Nescafé *(nichts gegen Nescafé!)* herausstellte, ihm aber nach der etwas staubigen Recherche wohltat.

Ohne allzu viel preiszugeben weihte August seinen Ruderkameraden nun etwas in die Abgründe der Ginsberger Gesellschaft ein.

Vom Tip-Top-Club hatte Hanns natürlich auch schon gehört, er behauptete aber, dieses Etablissement keineswegs aus eigener Anschauung zu kennen.

Es hätte aber vor Jahren einmal einen Beinahe-Skandal gegeben, nachdem sich herausgestellt hatte, dass sich eine Referendarin des Kurfürst-Conradin-Gymnasiums dortselbst in horizontaler Weise ein Zubrot erwarb.

Die intime Begegnung dieser jungen Lehrkraft mit einem Elternvertreter hatte die Sache dann ans Tageslicht gebracht, und Glöckner hatte nur mit der Aufbietung äußerster Diskretion und einem flammenden Appell an alle Beteiligten diese unangenehme Sache unter den Tisch kehren können. Für wen wäre es eigentlich folgenreicher gewesen, für die Referendarin oder für den Elternvertreter?

Besagte Referendarin, der Name war Glöckner angeblich entfallen, habe dann aber mit einer sehr guten Prüfung ihr Referendariat beendet und sei später nach Kassel gegangen.

August schmunzelte. Je älter man wurde, desto lieber hörte man solche Geschichten.

Aber nun wollte er Hanns nicht länger stören, Harald brauchte noch seinen Auslauf, und August hatte die Idee, jetzt noch den lieben Klubkameraden Herbert Eisenhuth aufzusuchen.

„Schöne Ferien noch!"

22. Kapitel

„Na, da bist du ja endlich!", rief August Bammel Benno zu, der gerade seinen gelben Citroën-Lieferwagen am Straßenrand abgestellt hatte.

August hatte ihn zu einem, wie er sagte, *kleinen Abendspaziergang* eingeladen, auf dem gut ausgebauten und teilweise beleuchteten neuen Wanderweg entlang des Gins-Ufers. Dabei hatte er sehr geheimnisvoll getan und Benno angedeutet, dass er ein paar interessante Neuigkeiten für ihn hätte.

Auch Harald, der an einer kurzen ledernen Leine gehalten wurde, begrüßte Benno erfreut. Wenn dieser Mann auftauchte, winkten einige Schnüffel-Aufträge, das war zumindest der Eindruck eines pensionierten Polizeihundes.

Nach der Begrüßung setzten sie sich allmählich in Bewegung, bis August einen recht flotten Wanderschritt vorlegte, den Benno, wäre er allein hier, niemals eingeschlagen hätte.

Nachdem er seinen Atem wieder etwas unter Kontrolle hatte, begann Benno die Konversation:

„August, kennst du dieses Gefühl, das man hat, wenn man ein Buch liest: Man steckt irgendwo in der Mitte und weiß gar nicht mehr so recht, wie der Roman angefangen hat, und man kann sich auch überhaupt nicht vorstellen, wie die ganze Geschichte ausgehen wird."

August nickte und erwiderte:

„Ach – in deinem Alter geht das auch schon so los? Aber, im Ernst, vielleicht sollte man sich dann fragen, ob man nicht das falsche Buch liest. Es kann ja kein Leser dazu gezwungen werden, etwas zu Ende zu lesen, was ihm nicht gefällt oder womit er nichts anfangen kann."

„Weißt du, August, das Buch, also den Fall Sowieso, möchte ich natürlich nicht aus der Hand legen. Aber manchmal habe ich das Gefühl, dass sämtliche Ideen nur Hirngespinste sind und dass diese ganze Ermittlungsarbeit zu nichts führen wird."

„Nana, Benno, warum denn so pessimistisch? Erinnerst du dich daran, was ich dir gesagt habe? Instinkt – du hast ihn. Die Bemerkung mit dem Hercule Poirot – das war nicht einfach so aus der Luft gegriffen. Dein Instinkt sagt dir doch, dass du an der Sache dranbleiben musst, auch wenn dein Verstand da ab und zu ein bisschen Sand ins Ermittlungsgetriebe streuen will."

Benno lächelte. Dass der ehemalige Polizeioberrat so viel von ihm zu halten schien, erfüllte ihn schon ein wenig mit Stolz. Er schritt fester aus und hatte auf einmal auch ein Auge für die Schönheit der in der Dunkelheit langsam dahingleitenden Gins, deren Existenz die schöne Stadt Ginsberg ihren Namen verdankte.

„Denk' einfach mal daran, dass *du* mich gebeten hast, etwas über Sowieso und Heynrich herauszufinden! Und schau mal – natürlich hattest du den richtigen Riecher!"

Benno war stehen geblieben. Mit einem Mal war er wieder hellwach. Wahrscheinlich war er einfach nur müde gewesen, er hatte einen langen Tag hinter dem Steuer des Ford Transit verbracht und dann auch noch mindestens eine Stunde im Dampf der Reinigungs-Chemikalien gestanden.

„Nun erzähl' schon, August, du hast doch was auf der Pfanne!"

Und August Bammel berichtete von seinem Besuch im Kurfürst-Conradin-Gymnasium und wie er gemeinsam mit dem Chef dieser Anstalt in staubigen Jahrbüchern herumgesucht hatte.

„Eins ist schon mal klar," vermeldete er, „Friedensreich Sowieso und Volkert Heynrich waren in einer Klasse. Genau so, wie du vermutet hattest. Aber das ist noch nicht alles, was ich herausgefunden habe."

Harald zog mächtig an der Leine und veranlasste die beiden damit, sich wieder in Bewegung zu setzen. Also schlenderten sie gemächlich weiter.

„Du glaubst nicht, von wem ich noch nähere Informationen bekommen habe!", rief August Bammel geradezu aus.

„Vom Papst vielleicht oder vom Bundeskanzler?"

August ignorierte Bennos unqualifizierten Einwurf und hob zu seinem großen Monolog an:

„Auf der Klassenliste von 1977 stand noch ein Name, den wir beide gut kennen: Herbert Eisenhuth. – Er war also mit den beiden damals in einer Klasse. Und ich kann mir keinen besseren Informanten vorstellen als ihn. – Ich also zur Kanzlei Dr. Eisenhuth, deine Verlobte war da, ich soll dich schön grüßen, aber jetzt hast du sie sicher selbst schon gesehen, egal, wo war ich stehen geblieben? Ach ja, Dr. Eisenhuth war noch nicht da, kam aber kurze Zeit später. Wir dann also in sein Büro *(jetzt ließ er tatsächlich schon die Verben weg!)*, und da hat er mir ziemlich viel erzählt von damals und teilweise auch von heute. Jetzt nur das Wichtigste in Kürze: Eisenhuth und Sowieso waren seit der

Sexta in derselben Klasse, Sowieso soll ein ziemlich blöder und unbeliebter Typ gewesen sein, Heynrich kam aber erst zu Anfang der Untersekunda dazu, weil er sitzen geblieben war. Er ist also ein Jahr älter als Sowieso und Eisenhuth, wenn mich nicht alles täuscht. Na, und dann kam es: Heynrich war so ein ziemlich heißer Vogel, ein bisschen aufsässig und bei den Lehrern nicht gern gesehen und schon gar nicht gehört. Er kam bei der Klasse allerdings nicht so gut an, bloß bei einem: bei Sowieso. Mit dem kluckte er dann die ganze Zeit zusammen, und sie sollen auch ein paar etwas krumme Sachen gemacht haben. Dabei stand für Eisenhuth allerdings fest, dass Heynrich eher der Leitwolf dabei war. An eine Sache konnte sich Eisenhuth auch noch erinnern: Heynrich war in den Ferien mit seinen Eltern wohl in Holland oder Dänemark gewesen und hatte sich dort jede Menge Pornohefte besorgt. Dann hat er die Hefte zerlegt und die einzelnen Seiten für eine Mark pro Stück an die jüngeren Schüler verscherbelt. Sowieso hat ihm dabei geholfen. Aufgeflogen ist die Sache damals aber nicht, weil Heynrich denjenigen Prügel angedroht hatte, die ihn verraten würden."

„Kein so ganz feiner Mensch also – weder der eine noch der andere", warf Benno ein.

„Nein, gewiss nicht. Sie sollen auch gemeinsam auf Klau-Tour gewesen sein, sind aber nie erwischt worden, so sagt man jedenfalls. Heynrich blieb am Ende der Klasse dann wieder sitzen und musste die Schule verlassen. Sowieso blieb noch ein Jahr, aber dann erwischte man ihn schließlich doch in einem Radiogeschäft, als er sich gerade ein teures Mikrofon einsteckte. Es gab eine Anzeige und – damals waren die Schulen nicht so lasch wie heute – er flog von der Anstalt. Angeblich soll er dann in ein Internat gegangen sein. Ob er sein Abi noch gemacht hat, wusste auch Eisenhuth nicht zu sagen."

„Das ist ja interessant," meinte Benno, „aber du hast vorhin auch von heute gesprochen!"

„Ja, natürlich, immer Geduld, Benno. Eisenhuth hat mir – unter dem Siegel der Verschwiegenheit – großes Ruderer-Ehrenwort mit gekreuzten Schwertern und Espenlaub – noch ein paar Details erzählt. Also: Es ist ihm bekannt, woher auch immer, dass Heynrich und Sowieso immer noch zusammen herumhängen, allerdings nicht in ihrem jeweiligen Zuhause, ihre Familien halten sie da wohl lieber raus, sondern in irgendwelchen Kneipen oder eben auch im Tip-Top-Club. Und du hast mir ja gesagt, dass Heynrich der Besitzer ist. Was mag dann Sowieso sein? Der stille Teilhaber?"

„Warum nicht? Aber – war das schon alles?"

„Nein, noch nicht ganz – Sowieso soll auch immer mit so ein paar Typen vom Rathaus herumhängen, soll eine richtige Clique sein. Amtmann Joseph Klinghammer und Oberinspektor Jochen Lau – nun rate mal, von welchem Amt die sind!"

„Hauptamt? Sozialamt? Jugendamt? Gesundheitsamt? Amt für Zivilschutz?"

„Du weißt doch genau, was ich meine: Das Bauamt natürlich. Das Ginsberger Bauamt ist eine einzige Clique. Wie ein verschworener Club."

Benno musste an Ang. Meier denken. Ob die auch dazu gehörte?

Mittlerweile hatten sie eine Parkbank entdeckt und gestatteten sich, sich einen Moment zu setzen. August ließ Harald von der Leine und wünschte ihm viel Vergnügen.

Benno begann wieder:

„Also, fassen wir mal zusammen: Da sind zwei alte Kumpel, die haben früher schon ein bisschen Sinn für kleinere oder größere Schweinereien gehabt. Der eine gibt den Tipp mit dem Grundstück, der andere baut den Puff, zusätzlich hält sich das ganze Ginsberger Bauamt aus der Angelegenheit raus, zur Sicherheit sozusagen. Dann läuft der Laden einige Jahre ganz gut. Schließlich passiert irgendetwas, und Sowieso ist verschwunden. Und aufgefallen ist mir das nur wegen der Blutflecke in Iris' Kleid."

„Und vergiss nicht die Blutreste im Tipptopp-Lieferwagen!"

„Natürlich nicht – ich habe ja eine Probe von beidem."

„Na," meinte August Bammel, dem diese Routine doch noch relativ vertraut war, „wir müssen feststellen, ob beide Proben identisch sind ..."

„ ... was aber noch nicht beweisen würde, dass sie von Sowieso stammen."

„Nein," gab August etwas kleinlaut zu, „das wäre in der Tat noch kein Beweis. Wenn Harald jetzt nicht zufälligerweise eine offizielle Blutprobe von Sowieso apportiert, bleibt uns nichts anderes übrig, als die Leiche zu finden. Aber da können wir wohl lange suchen. Ich glaub' ja auch langsam, dass der beseitigt worden ist, aber beweis' das erstmal!"

„Sag' mal, August, kann man nicht auch heutzutage so etwas wie eine DNA-Analyse machen?"

„Ja sicher, ist allerdings ziemlich aufwendig. Da muss schon ein konkreter Tatverdacht bestehen und natürlich Material zum Abgleichen."

„Würden da auch Haare genügen?"

„Aber gewiss doch. Gerade Haare werden häufig als Beweismaterial herangezogen."

Benno hatte natürlich eine Idee:

„Ich habe doch noch die Bürojacke von Sowieso. Da sind bestimmt ein paar von seinen Haaren dran. Und dann habe ich die beiden Blutproben. Wenn man jetzt bei so einer DNA-Analyse feststellen würde, dass diese drei Proben gleich sind, ich meine, dass die Analyse also immer das gleiche Ergebnis feststellt, was dann?"

„Dann wäre es klar, dass das Blut im Kleid und im Lieferwagen von Sowieso stammt."

Benno und August überlegten noch eine Weile hin und her und bemerkten gar nicht, dass ein leichter Nieselregen eingesetzt hatte. Auch Harald war von seinem kleinen Jagdausflug zurückgekehrt und wollte seinen Herrn dazu bewegen, wieder den Nachhauseweg anzutreten.

„Ich fürchte," sagte Benno schließlich, „wir müssen jetzt die Polizei einschalten. Wenn die etwas damit anfangen kann."

„Wir werden sehen, mein lieber Benno," lachte August, „wir werden sehen."

23. Kapitel

Am folgenden Donnerstag fand um Punkt 10.30 Uhr im Büro des amtierenden Polizeioberrates Emilius Schnittger eine Besprechung statt.
Diesem Termin waren einige Gespräche zwischen August Bammel und seinem Nachfolger vorangegangen, teilweise auch in Bennos Anwesenheit, in seinem Fall allerdings erst nach Feierabend, denn er wollte keinesfalls durch Fehlen bei der Tipptopp-Reinigung dumm auffallen oder gar Verdacht erregen.
August Bammel hatte zunächst die beiden „Blutproben" aus dem Kleid und aus dem Lieferwagen vorgelegt und dann die Sowieso'sche Bürojacke, die Benno sorgfältig in einer Plastiktüte verpackt hatte, damit sich nicht etwa die letzten DNA-Spuren noch verflüchtigten.
Es hatte August schon einiges an Überredungskunst abgenötigt, seinen Nachfolger davon zu überzeugen, dass ein echter Fall vorläge und keine Detektivspiel für Pensionäre. Schnittger hatte wohl etwas befürchtet, dass er sich als Neuling vor der Staatsanwaltschaft blamieren könnte.
Als diese Hürde überwunden war, hatte Schnittger jedoch seine Hemmungen über Bord geworfen und Inspektor Heuse von der Kripo Ginsberg mit dem Fall betraut, was wiederum einige Stunden der Erklärung gekostet hatte, denn Heuse galt zwar als zuverlässig und konsequent, aber nicht unbedingt als besonders helle. Daher war bei seinen ersten Untersuchungen noch nicht besonders viel herausgekommen, zumal sie vorwiegend darin bestanden hatten, dass er seinen Schreibtisch aufräumte und eine neue Akte anlegte, was insgesamt einen halben Tag Zeit in Anspruch nahm.
Heuse fühlte sich zudem stark gegängelt – wenn Schnittger selbst ein so großes Interesse an diesem Fall hatte, dann hätte er die ganze Arbeit (die Heuse noch erwartete) gefälligst selbst erledigen können. Diese Kritik zu äußern hätte er sich aber nicht getraut.
Nun also, um Punkt 10.30 Uhr, saßen Schnittger, Bammel, Heuse und der tüchtige Staatsanwalt Enno Ott aus Urbach (bekanntermaßen waren Gericht und Staatsanwaltschaft bei der Gebietsreform 1977 an den Kreis Urbach gefallen) um den runden Besprechungstisch bei Kaffee und frischen Croissants. Benno war in letzter Sekunde eingetroffen, nachdem er dem Pförtner der Polizeiinspektion erklären konnte, dass er nicht der Lieferant der Reinigung wäre, sondern die Sondererlaubnis

von Schnittger hätte, den Tipptopp-Lieferwagen auf dem Hof zu parken, da er einen wichtigen Gesprächstermin hätte.

Schnittger führte das Wort, während Benno herzhaft in ein Croissant biss.

„Meine Herren, wir wissen, worum es hier geht. Die Frage ist, ob ein ausreichender Anfangsverdacht besteht, der uns dazu veranlassen könnte, eine Verhaftung im Fall Sowieso, als solchen wage ich ihn zunächst zu bezeichnen, vorzunehmen."

Die Nervosität war Schnittger durchaus anzumerken.

Inspektor Heuse beschloss bei seinem neuen Chef zu punkten, indem er sich zu Wort meldete:

„Wir haben die drei Proben, ich glaube, Sie sind darüber orientiert, per Kurier nach Wiesbaden geschickt und dort untersuchen lassen. Gestern kam das Ergebnis: Im Klartext: Alle Proben stammen von derselben Person."

Staatsanwalt Ott fragte nach: „Und es ist absolut sicher, dass es sich um die Person Friedensreich Sowieso handelt?"

„Die Strickjacke, von der die Haarproben stammen, befand sich im Büroschrank des Stadtrats Sowieso, es wäre äußerst unwahrscheinlich, dass eine andere Person als Sowieso diese Jacke getragen hätte", sagte Benno, der sich schaudernd an das unappetitliche Kleidungsstück erinnerte.

Das leuchtete dem Staatsanwalt zwar ein, aber das waren Indizien, und zwar ziemlich dünne.

Schnittger hatte seine anfängliche Aufregung wieder im Griff und versuchte so etwas wie eine vorläufige Zusammenfassung:

„Wir müssen nur Eins und Eins zusammenzählen, meinetwegen auch Eins und Zwei. Blutspuren von Sowieso im Fahrzeug der Tipptopp-Reinigung, Blutspuren von Sowieso in Textilien, die dort nachweislich gereinigt worden sind, allerdings mit bescheidenem Erfolg. Herr Heynrich, der Besitzer der Tipptopp-Reinigung, ist ein alter Vertrauter des Herrn Sowieso. Beide haben sich oft im Tip-Top-Club aufgehalten, dessen Besitzer ebenfalls der Herr Heynrich sein soll. Übrigens – die ganzen Hintergründe sind äußerst merkwürdig – es riecht da sehr nach Verquickung verschiedener Interessen, aber das soll vorerst hier nicht im Vordergrund stehen. Zurück zur Kernfrage: Besteht ein hinreichender Verdacht, dass Heynrich etwas mit dem Verschwinden von Sowieso zu tun haben könnte?"

Enno Ott war sehr ins Grübeln gekommen. Er wusste bereits, wie es ablaufen würde: Man verhaftete den Herrn, versuchte ihn auszuquetschen, der würde dichthalten, dann käme bereits der Haftprüfungstermin und – zack – wäre er wieder draußen. Andererseits – ihn nur als Zeugen im Rahmen der Ermittlungen zu befragen – das wäre wohl auch keine besonders gute Idee, das würde den Täter (falls er's denn gewesen war) nur warnen und er könnte dann noch irgendwelche Spuren beseitigen.

Schweren Herzens rang sich der Staatsanwalt zu folgender Erklärung durch:

„Meine Herren, nach Stand der Dinge teile ich Ihnen mit, dass ich Haftbefehl erlassen werde gegen Herrn Volkert Heynrich, wohnhaft in Ginsberg et cetera. Begründung: Verdacht der Tötung seines Bekannten Friedensreich Sowieso. Hinweis auf die sichergestellten Spuren und so weiter und so fort. – Ehrlich gesagt – unter uns Pastorentöchtern – so ganz gefällt mir die Sache selber nicht. Die Motivlage ist doch völlig unklar. Aber es ist wohl die einzige Chance, wenn wir jemals etwas über den Verbleib des Herrn Sowieso herauskriegen möchten."

Benno nickte innerlich. Seinen „Chef" verhaften, er hatte gehofft, dass die Dinge diesen Lauf nehmen würden. Er war sehr gespannt darauf, wie dieser sich dann wohl verhalten würde.

Inspektor Heuse erklärte, dass er noch an diesem Tag die Verhaftung Heynrichs vornehmen würde. Nicht spektakulär, sondern ganz unauffällig, neutraler Dienstwagen und so weiter.

Die Runde nickte Zustimmung. Man würde dann ja weiter sehen. Und zu gegebener Zeit wieder zusammentreffen.

Benno trank seinen Kaffee aus und verabschiedete sich. Er müsste jetzt dringend los, das würden die Herren doch sicher verstehen, er wäre bei seiner Tour schon ziemlich spät dran.

24. Kapitel

An diesem Donnerstagnachmittag ab genau 14.04 Uhr überschlugen sich die Ereignisse für manche Einwohner der schönen Stadt Ginsberg – wie man später feststellen würde – inklusive der Besatzung des exterritorialen Gebietes Tip-Top-Club, das, wie wir bereits wissen, weder zum Kreis Ginsberg noch zum Kreis Urbach gehörte.

Die Klärung der Frage, ob dieser halbe oder gar ganze Hektar dann überhaupt zum Land Hessen und darüber hinaus zur Bundesrepublik Deutschland (und zur Europäischen Gemeinschaft?) gehörte, sollte man getrost den Staatsrechtlern überlassen.

Das Sich-Überschlagen der Ereignisse begann mit der von Inspektor Heuse beabsichtigten und auch tatsächlich so durchgeführten unauffälligen Verhaftung des Besitzers der Tipptopp-Reinigung, Volkert Heynrich.

Zu dem oben genannten Zeitpunkt, nämlich um 14.04 Uhr – Jolanthe Widderich hatte die Ladentür nach der Mittagspause aus Versehen bereits um 13.59 Uhr wieder aufgeschlossen – hielt ein auffallend unauffälliger dunkelgrauer Passat direkt vor der Tür im absoluten Halteverbot an.

Ihm entstieg ein etwa 35-jähriger ebenfalls auffällig unauffälliger Mann, während eine Polizistin auf dem Beifahrersitz Platz behielt und scharf den Eingang zur Reinigung fixierte.

Dem Fond entstieg ein weiterer Polizeibeamter von erstaunlicher Größe, der sich erkennbar Mühe gab, nicht allzu sehr aufzufallen, was ihm aber nur zum Teil gelang. Er ging auf den Bürgersteig und verschwand dann in Richtung Naumanngasse, und mit etwas Phantasie konnte man sich vorstellen, dass er am rückwärtigen Eingang der Tip-Top-Reinigung Posten beziehen würde.

Der Mann in Zivil hatte mittlerweile die Tür zur Reinigung mit einem sachlich klingenden „Mahlzeit!" geöffnet.

Jolanthe Widderich verbarrikadierte sich hinter der Ladentheke. Die Situation war ihr etwas unheimlich, sie konnte sich nicht vorstellen, dass dieser Herr nur etwas abholen oder möglicherweise sogar nur nach dem Weg fragen könnte. Trotzdem schaute sie ihn so freundlich an, als ob es ihr bester Kunde wäre.

„Ist Herr Heynrich im Hause?", fragte der Mann, der sich in etwa anderthalb Minuten als Inspektor Heuse zu erkennen geben würde.

„Ja, welchen meinen Sie denn, den Chef oder den Bruder?", fragte Jolanthe.

Mit solchen Komplikationen hatte Heuse nicht gerechnet. Das warf ja sein ganzes Konzept durcheinander.

„Ich meine den Herrn *Volkert* Heynrich!"

Glücklicherweise war ihm der Name sofort wieder eingefallen. Solche kleinen Aussetzer waren ihm immer recht peinlich.

„Der Chef ist im Büro, bitte folgen Sie mir!"

Naja, nun klappte es ja. Heuse schaute durch die Schaufensterscheibe auf die im Passat sitzende Oberwachtmeisterin Meier. Eine ganz scharfe. Was nicht erotisch gemeint war, sondern ihre Dienstauffassung beschrieb.

„Ja, bitte?"

Volkert Heynrich war von seinem Schreibtischstuhl aufgestanden. Er hatte sich gerade mit der Sportseite der Bild-Zeitung beschäftigt.

„Heuse, Kriminalpolizei, Herr Heynrich – ich muss Sie bitten, mir zu folgen. Sie sind ..."

„ ... verhaftet?"

Volkert Heynrich starrte diesen Kripomann ungläubig an.

„Wieso denn das – das kann doch nur ein Irrtum sein!"

Wahrscheinlich ging es um irgendeine Sache mit dem Club. Er hatte es schon geahnt, dass das nicht ewig gut gehen könnte. Und jetzt, seitdem Friedensreich nicht mehr da war, hatte er schon öfter das Gefühl gehabt, dass die goldenen Zeiten ihrem Ende entgegen gingen.

Volkert Heynrich fasste sich. Wie er gesagt hatte, es konnte nur ein Irrtum sein oder schlimmstenfalls etwas mit dem Club. Was sollte die Polizei ihm schon groß anhaben können? Ein guter Anwalt würde ihn da schon irgendwie wieder rausboxen.

„Ich darf Sie erneut auffordern, mir zu folgen, ich denke, Sie werden auch kein Interesse daran haben, hier in Ihrem Geschäft Aufsehen zu erregen!"

Während dieser Worte hatte Heuse unauffällig die Beule in seiner Jacke, die auf seine Dienstwaffe hinwies, berührt.

Herr Heynrich setzte sich in Bewegung.

„Frau Widderich, ich muss leider dringend zu einer kleinen Besprechung, sagen Sie bitte meinem Bruder Bescheid, ich melde mich dann später!"

Seite an Seite mit Inspektor Heuse verließ Volkert Heynrich das Hauptgeschäft der Tipptopp-Reinigung in der Rathausstraße. Dabei sahen sie von hinten so aus, als seien sie gemeinsam auf dem Weg zum Traualtar.

Jolanthe Widderich starrte ihrem Chef hinterher. Sie hatte schon gehört, dass dieser Mann von der Kripo war, er hatte nebenan ja laut genug gesprochen.

Durch das Schaufenster sah sie den Chef in den Passat einsteigen. Auch der große Polizist war mittlerweile wieder erschienen und hatte neben dem Verhafteten Platz genommen. Jolanthe war geneigt, sich die Augen zu reiben.

Da war ihr Chef doch tatsächlich von der Polizei verhaftet worden.

Aus welchem Grund, das war ihr völlig schleierhaft.

Sie konnte sich nicht vorstellen, dass er etwas Schlimmeres als Rückwärtsfahren in der Einbahnstraße anstellen könnte.

Aber was nun – was würde nun passieren? Sollte sie seine Frau verständigen? Nein, das war wohl nicht ihre Aufgabe. Natürlich – sie musste sofort dem Bruder Bescheid sagen, der war noch im Gasthaus gegenüber zum Essen. Ach, da kam er ja schon, Gott sei Dank!

„Herr Heynrich, stellen Sie sich vor, Ihr Bruder ...“

An diesem Donnerstagnachmittag um 15.12 Uhr im Zimmer 351 der Polizeiinspektion Ginsberg, in Heuses persönlichem Dienstzimmer, nahm das Verhör des Verdächtigten Volkert Heynrich seinen Lauf. Bisher hatte Heynrich lediglich zugegeben, dass er geboren worden war, und zwar am 13. März 1960. Er machte noch einige Angaben zu seiner Person, er sei verheiratet, habe zwei Kinder, einen jüngeren Bruder mit Namen Joachim sowie eine chemische Reinigung in der Rathausstraße nebst zahlreichen Filialen.

Diese interessanten Einlassungen flossen allerdings relativ zäh dahin, und genauso langsam und zäh machte auch Heuse seine Notizen, so als ob dies zu seiner Verhörtaktik gehören würde.

Dann kam der Punkt, an dem es um Friedensreich Sowieso ging.

Zunächst wollte Heynrich ihn überhaupt nicht kennen, dann trumpfte Heuse aber mit der Kopie der Klassenliste aus dem Jahrbuch des Gymnasiums auf, die er (ebenfalls als Kopie) von August Bammel erhalten hatte. Heynrich hatte dann nur gedehnt gesagt: „Ach, *den* meinen Sie!“

Er schien sich noch relativ sicher zu fühlen und verlangte auch keinen Anwalt zu sprechen.

„Wenn Sie mir jetzt bitte endlich sagen würden, warum ich eigentlich hier sitze! Ich habe noch einiges zu tun!"

Heuse mochte es nicht, wenn man ihn unter Druck setzen wollte. Er warf seine bisherige Taktik über Bord, alles langsam aus dem Reinigungsheini herauszukitzeln, und ging zum Angriff über:

„Das wagen Sie zu fragen? Sie haben Ihren ehemaligen Schulfreund Friedensreich Sowieso ermordet! Alle Indizien sprechen gegen Sie! Und ich sage Ihnen, es sind verdammt gute Indizien: Blutspuren, die eindeutig von Friedensreich Sowieso stammen, fanden sich sowohl in Ihrem Lieferwagen als auch in einzelnen Kleidungsstücken, die aus Ihrer Reinigung kamen!"

Heynrich war blass geworden.

Sein Herz schlug bis zum Hals.

Für ein paar Minuten war er nicht in der Lage, einen klaren Gedanken zu fassen. Mord? Man warf ihm Mord vor? Mit allem, fast allem, hatte er gerechnet, aber nicht mit so etwas. Und wieso Blutspuren? Er verstand das alles einfach nicht.

Mit schwacher, fast zittriger Stimme sagte er schließlich:

„Ich möchte jetzt bitte mit meinem Anwalt sprechen!"

25. Kapitel

An diesem Donnerstagabend, ungefähr fünf Stunden nach Volkert Heynrichs Verhaftung, hatte die Nachricht bereits die Runde bei allen Betroffenen oder Beteiligten gemacht. Nachdem sich Heynrich allein mit seiner Anwältin, der erfahrenen und gerade noch diesseits der Pensionsgrenze stehenden Gudrun Schlichtegroll, besprochen hatte, durfte er im Beisein von Heuse einige Telefonate mit seinem Bruder und seiner Frau führen.

Den Bruder wies er kurz an, die Geschäftsleitung der Tipptopp-Reinigung zu übernehmen, vielleicht für ein paar Tage, vielleicht aber auch ein bisschen länger, er stehe unter Mordverdacht, könnte das jetzt aber am Telefon nicht erschöpfend erklären.

Seiner Frau Babette, die daraufhin ihren Weinkrampf mit Wein zu bekämpfen versuchte, teilte er sinngemäß das gleiche mit. Außerdem hatte er seine Anwältin gebeten, noch einige weitere Personen zu informieren.

Maria Magdalena Knopf erhielt um 18.21 Uhr eine SMS von Molly Schmitt, die ihr mitteilte, dass der Club bedauerlicherweise wegen eines Wasserrohrbruches bis auf weiteres geschlossen werden müsste.

Maria wusste nicht so recht, ob sie weinen oder lachen sollte. Einerseits hatte ihr das Engagement in diesem zweifelhaften Lokal viel Freude bereitet und auch ihre Kasse nicht unwesentlich aufgebessert (man hatte sich glücklicherweise auf sofortige Barzahlung nach jedem Abend verständigt), andererseits musste sie zugeben, dass die vier Nächte pro Woche sehr anstrengend waren und gerade von ihr als Pianistin, die quasi für die Dauerberieselung der erotischen Spielwiese zuständig war, das Äußerste abverlangt hatten.

Nachdem Anna und Emma die Nachricht von der Schließung ihres Arbeitsplatzes erhalten hatten, war ihre Reaktion eine ähnliche Mischung aus Bedauern und Erleichterung. Es wäre nicht richtig gewesen zu behaupten, sie hätten sich in dem kreislosen Waldpuff wie zu Hause gefühlt, aber sie hatten doch immerhin ein paar Kontakte zu interessanten Frauen geknüpft. Zudem entfiel ja jetzt leider eine zusätzliche Recherchemöglichkeit hinsichtlich des merkwürdigen Abhandenkommens von Friedensreich Sowieso.

Am gutbürgerlichen Abendbrottisch im Hause Hermannstraße 17 war all dies natürlich ein Thema für Anna, Emma, Maria, Iris und Benno. Dieser klärte Iris und die Bremerinnen darüber auf, dass Volkert Heynrich, „sein Chef" aus der Reinigung, nunmehr des Mordes an Sowieso bezichtigt wurde.

„Dann wird wohl der ganze Puff in Auflösung begriffen sein," meinte Emma kauend, „die befürchten jetzt natürlich alle, dass ihnen die Polizei doch noch auf die Bude rückt. Das mit den verschobenen Kreisgrenzen wird nun ja wohl auch auffliegen."

Der Gedanke lag nahe, dass sich die Besatzung des sinkenden Schiffes „Tip-Top-Club" nun an Land zu retten versuchte, vermutlich bei gleichzeitiger Vernichtung des verräterischen Logbuches.

Benno sinnierte vor sich hin, während er sich etwas Milch nachschenkte. Die Beweise, gut, vielleicht waren es ja auch nur Indizien, waren doch erdrückend für Heynrich. Wie sollte er wohl der Polizei erklären können, auf welche Weise Sowiesos Blut in seinen Lieferwagen und in die Klamotten in der Reinigung kommen konnte?

„Ich bin gespannt, was der Heynrich der Polizei erzählen wird. August hält mich auf dem Laufenden, hat er jedenfalls gesagt. – Ich glaube, ich nehme noch ein Stück Knäcke mit diesem köstlichen Camembert!"

Babette Heynrich hatte nach Beendigung ihres Weinkrampfes eilig einige Sachen für ihren Mann zusammengepackt, um diese zur Polizei zu bringen. Eine Frau Meier, offenbar auch eine Polizistin oder so ähnlich, hatte sie noch vor einer halben Stunde angerufen und ihr mitgeteilt, dass ihr Mann mindestens eine Nacht in der Arrestzelle der Polizeiinspektion Ginsberg verbringen müsste.

Babette hatte sich mittlerweile wieder etwas beruhigt, dennoch schossen ihr tausend Gedanken durch den Kopf.

Sie wusste eigentlich nur wenig von ihrem Mann.

Dass er die Reinigung hatte, das war ja klar, schließlich war sie ja selbst einmal dort Angestellte gewesen, so hatten sie sich überhaupt kennen gelernt, aber welches zweite Eisen er im Feuer hatte, war ihr nie ganz klar geworden.

Einige Abende in der Woche hatte er einfach für sich reserviert, und er murmelte dann immer nur etwas von Verein, Handelskammer, Partei oder so ähnlich.

Außerdem hatte sie zuweilen den Eindruck, er würde auch gar nicht zum Tennis fahren, selbst wenn er sein Equipment dabei hatte, denn er war erstaunlicherweise nie verletzt.

Er wollte sich eben einfach nicht in die Karten schauen lassen, und sie hatte es dabei belassen, zumal sie sich ansonsten auf keinem Gebiet über ihn zu beklagen brauchte.

Doch nun – nun machte sie sich doch ein paar Vorwürfe. Wenn ihr Mann, ja, doch, ihr geliebter Mann, unter Mordverdacht stand, ja, wenn er dann vielleicht tatsächlich einen Mord begangen hatte, wenn sie mehr von ihm gewusst hätte, hätte sie es vielleicht verhindern können.

Frauen sollten ihre Männer wohl doch etwas besser unter Aufsicht haben.

Joachim Heynrich hielt seinen Lieblingshasen in der einen Hand und eine Flasche Tuborg Export in der anderen. Seine Füße lagen auf dem Couchtisch, und er hatte nicht einmal die Schuhe ausgezogen.

Nun war er also der Chef.

Nie hätte er das für möglich gehalten, dass er einmal die Stelle seines Bruders einnehmen müsste. Er hatte von den Geschäften seines Bruders gewusst, er hatte vom Tip-Top-Club gewusst, aber allzu viel hatte Volkert ihm nicht darüber erzählt. Wäre er als jüngerer Bruder mehr nach dem Geschmack des älteren gewesen, hätte der ihn auch sicher mal in den Club mitgenommen. Aber – so was war nicht seine Welt.

Er stand langsam auf und suchte eine Langspielplatte von Caterina Valente heraus.

Volkert Heynrich hatte nach einem weiteren, etwas längeren Gespräch mit seiner Anwältin, bei dem er sich auch etwas mit einem einfachen Abendbrot aus der Polizeikantine stärken durfte, dem Inspektor signalisiert, dass er zu einer Aussage bereit wäre.

Es war bereits zwanzig nach acht, und Inspektor Heuse wollte nun endlich Feierabend machen und Heynrich in die Arrestzelle abführen lassen.

Andererseits konnte man es ja noch mal auf einen Versuch ankommen lassen.

Oberwachtmeisterin Meier hatte sich dankenswerterweise dazu bereit erklärt, das Protokoll zu führen, obwohl auch ihr Dienst eigentlich schon längst beendet sein musste.

Im Schein der Schreibtischlampe schien Volkert Heynrich durchaus etwas kooperativer zu sein als am Nachmittag.

„Sie geben also zu, dass Sie Friedensreich Sowieso kennen?"

„Ja."

„Nicht nur von früher, aus Ihrer gemeinsamen Schulzeit?"

„Nein."

„Wie jetzt, ja oder nein?"

„Äh, ich kenne ihn auch heute noch."

„Soso. Und in welcher besonderen Beziehung stehen Sie zu ihm?"

„Er ist mein Freund. Und auch – mein Geschäftspartner."

„In Ihrer Reinigung?"

„Nein."

„Sie sind auch der Besitzer dieses Nachtclubs, des Tip-Top-Clubs?"

„Ja und nein."

„Was wollen Sie damit sagen?"

„Ich bin nur eine Art Gesellschafter. Es gibt mehrere, und einer von ihnen war – ist auch Herr Sowieso."

Heynrich schien durchaus auspacken zu wollen. Heuse beschloss, ihn nicht weiter durch kleinliches Nachfragen zu unterbrechen, sondern ihn einfach drauflos reden zu lassen. Was er nicht wusste, war der Umstand, dass seine Anwältin ihm eingebläut hatte, dass er unbedingt alle Karten offen auf den Tisch legen müsste, um sich vom Mordverdacht reinzuwaschen. Ob das, was dann noch übrig bliebe, überhaupt Straftaten oder nur Ordnungswidrigkeiten wären, das müsste man dann später sehen und dann nach und nach abarbeiten.

Heynrich gab also zu, Mitglied einer Art Gesellschaft zu sein, die ein Bordell in einem Wald betrieb.

Vor vielen Jahren sei Friedensreich Sowieso auf so eine Art Gesetzeslücke gestoßen, die dies ermöglichte. Er hätte es damals nicht so ganz verstanden, aber Sowieso hatte ihm gesagt, da gäbe es ein Waldgrundstück zwischen Urbach und Ginsberg, das sei durch einen Messfehler bei der Gebietsreform von 1977 praktisch unter den Tisch gefallen.

Es existierte theoretisch gar nicht, nur praktisch.

Die Ginsberger meinten, es gehöre zu Urbach – und umgekehrt.

Das sei, so hätte Sowieso behauptet, wie ein Wink des Schicksals.

Zuerst hatte man gemeint, man könnte dort ein Spielcasino betreiben, aber bei so etwas sei der Staat doch immer gleich aufmerksam und wollte sofort mitverdienen.

Ein Puff dagegen – das war schon eine Spur verschwiegener, zumal auch viele Staatsdiener einen solchen hin und wieder gern aufsuchten.

Man hätte sich dann also auf diesen Bordellbetrieb geeinigt, noch ein paar weitere Geldgeber als Mitgesellschafter aufgetrieben und dann mit dem Bau begonnen. Alles unter der Hand natürlich.

Ein Förster hätte dann mal nachgefragt, aber man hatte ihm anhand der Karte nachweisen können, dass das Grundstück gar nicht mehr zu seinem Bereich gehörte, und dann sei er unverrichteter Dinge abgezogen und hätte sich erst viel später als Besucher wieder eingefunden.

Die Geschäftsführerin stammte aus Frankfurt, den Namen wollte Heynrich allerdings nicht preisgeben, ebenso wenig die Namen des übrigen Personals.

Heuse wies darauf hin, dass eine Haussuchung schon die Geschäftspapiere ans Tageslicht bringen würde.

Heynrich dachte daran, dass seine Anwältin hoffentlich diese frohe Botschaft bereits an Molly Schmitt übermittelt hätte.

„Sie geben also zu," fasste Heuse zusammen, „dass Sie gemeinschaftlich mit anderen, also auch mit Friedensreich Sowieso, einen Bordellbetrieb auf besagtem Waldgrundstück betrieben haben oder betreiben?"

„Ja", war Heynrichs einsilbige Antwort.

Heuse hoffte insgeheim, dass sich niemand im Tip-Top-Club an seine eigenen Besuche dieses Etablissements vor etwa drei Jahren erinnerte.

Doch dann wandte er sich wieder dem eigentlichen Problem zu:

„Wann haben Sie Friedensreich Sowieso das letzte Mal gesehen? Denken Sie gut nach!"

„Da muss ich nicht lange nachdenken. Am 14. September."

„Wissen Sie eigentlich, was Sie da sagen, Herr Heynrich?"

„Die Wahrheit – nichts als die Wahrheit."

„Dann will ich ihnen mal auf die Sprünge helfen: Die Frau von Sowieso, äh, Frau Unstetten-Sowieso hat erklärt, dass ihr Mann in der Nacht vom 14. auf den 15. September nicht nach Hause gekommen ist. Am 15. September war sie bei der Polizei, um ihn als vermisst zu melden. Die Kollegen haben ihr gesagt, dass sie erst 24 Stunden, nachdem sie ihren Mann zuletzt gesehen hat, diesen als vermisst melden könnte. Sie ist dann nicht abends noch einmal zur Polizei gegangen, sondern sie hat ihre Anzeige am nächsten Tag, am 16. September, erstattet. Und Sie wollen wirklich sagen, Sie waren am 14. September noch mit ihm zusammen? Das müssen Sie mir aber jetzt ganz genau sagen!"

„Das werde ich auch gerne tun, denn Sie werden merken, es ist mein Alibi. Am 14. September, einem Dienstag, das weiß ich noch ganz genau, haben wir im Tip-Top-Club Molly Schmitts Geburtstag gefeiert."

Heynrich erschrak, nun hatte er ihren Namen doch preisgegeben, aber: Ohnehin hätte er wegen seines Alibis ihren Namen verraten müssen.

„Molly Schmitt, sehr interessant."

„Ja, die Geschäftsführerin. Wir haben alle zusammen gefeiert, Sie verstehen, die Gesellschafter und die Mädchen, die anderen Gäste natürlich auch, Friedensreich war dabei, da war er noch ganz munter, kann ich Ihnen sagen!"

„Ja, und dann?"

„Dann, später, kamen wir auf so eine Schnapsidee. Wir haben alle unsere Namen auf kleine Zettel geschrieben, wie bei einer Lotterie, und Molly durfte sich dann als Geburtstagsgeschenk einen Herrn ziehen, der sie zu späterer Stunde verwöhnen musste."

„Und das Los ...?"

„Fiel auf mich. Ich war der Glückliche oder Unglückliche, ganz wie Sie wollen. Aber: Ich schwöre Ihnen, ich habe die Nacht mit Frau Schmitt verbracht, bis in die frühen Morgenstunden hat sie mich traktiert, kann ich Ihnen versichern, und wir sind beide gemeinsam erst nachmittags um drei wieder aufgewacht. Überprüfen Sie das alles, sogar mein Bruder kann das bestätigen, weil ich ja erst nachmittags im Geschäft aufgetaucht bin. Der war ganz schön sauer, kann ich Ihnen sagen!"

„Angenommen, das stimmt, was Sie mir da erzählen, Herr Heynrich. Nehmen wir einmal an, Frau Schmitt und weitere bestätigen Ihre Aussage. Was ist dann mit Sowieso geschehen?"

Heynrich schaute Heuse ernst in die Augen:

„Ich weiß es einfach nicht. Als ich mit Molly nach oben ging, sie wollte ja ihr Geburtstagsgeschenk auswickeln, war er noch da. Die anderen Gesellschafter waren schon fort. Es muss gegen halb zwei gewesen sein. Wir haben uns ja später auch Gedanken gemacht, allerdings erst nach ein paar Tagen. Einige Mädchen konnten sich daran erinnern, dass er dann später einfach gegangen war. Ohne zu zahlen natürlich. Aber ein Gesellschafter braucht bei uns natürlich nicht zu zahlen. Der hat alles frei."

„Natürlich."

Heuse erblasste innerlich vor Neid und fragte sich bei dieser Gelegenheit einmal wieder, ob er nicht doch den falschen Beruf gewählt hatte.

Trotzdem wollte er sich nicht ohne weiteres von diesen Gedanken einlullen lassen.

„Nun gut, wir sind ja immer noch bei der Annahme, dass Ihre Aussage stimmt. Es ist ja nicht gesagt, dass Sowieso an diesem 14. September umgekommen sein muss. Wie sieht es mit ihrem Alibi für die folgenden Tage aus?"

Heuse dachte fieberhaft nach. Es hieß doch, dass die Blutspuren im Kleid der Verlobten von diesem Herrn mit dem norddeutschen Nachnamen, mit dem er schon mal Ärger gehabt hatte, nur in einem bestimmten Zeitrahmen entstanden sein konnten.

Er grübelte und grübelte, aber es fiel ihm einfach nicht ein. Doch, halt! Er blätterte im Kalender nach:

Am Samstag, dem 18. September hatte diese Frau Ehlers ihr Kleid abgeholt, da waren Sowiesos Blutspuren drin, das war erwiesen. Mindestens einen Tag vorher musste das Kleid ja wohl gereinigt worden sein. Das Zeitfenster schloss also den 14. bis 17. September ein. Für diese Zeit musste Heynrich schon ein hieb- und stichfestes Alibi haben.

„Und können Sie sich noch an die folgenden Tage erinnern, also 15., 16., 17. September?"

„Naja, am 15. war ich nachmittags noch im Geschäft, abends bin ich früh schlafen gegangen, meine Frau und meine Kinder können das bezeugen. Am 16. und 17. war ich von morgens bis abends im Geschäft, ich hatte ja noch etwas gutzumachen, weil ich meinen Bruder hatte hängen lassen. Naja, an meiner Frau hatte ich natürlich auch noch was wiedergutzumachen, Sie verstehen, also am Donnerstagabend waren wir zusammen essen, und am Freitagabend, warten Sie, da hatten wir so eine Art Betriebsfeier, mit Grillen. War schönes Wetter."

Der Mann wusste wohl auf alles eine Antwort.

Aber das würde sich ja alles nachprüfen lassen.

Reine Routinesache.

Erst jetzt schaute Heuse zur Oberwachtmeisterin Meier, als wäre er in Sorge, sie wäre während Heynrichs Erzählungen eingeschlafen. Dieser Eindruck bestand aber nur in seiner Phantasie, denn sie war immer noch fleißig am Notieren.

„Gut, Herr Heynrich. Sie erhalten dann morgen früh Ihre Aussage zur Unterschrift. Und dann schauen wir mal, was der Staatsanwalt dazu sagen wird. Ja, das wär's für heute. Frau Meier, seien Sie so nett und rufen Sie Müller Zwo herein, der möchte den Herrn Heynrich bitte zu seiner Schlafstätte begleiten!"

Heuse stand auf. Erst jetzt merkte er, wie erschöpft er war. Kein Wunder, es war schon über elf. Höchste Zeit, dass er nach Hause kam.

26. Kapitel

Das Laub unter seinen Füßen raschelte so laut, dass Benno den Eindruck haben musste, in der einsamen Dunkelheit des Ginsberger (oder Urbacher?) Forstes meilenweit gehört zu werden. Obwohl er nur äußerst langsam und vorsichtig ausschritt, konnte er nicht vermeiden, auf den einen oder anderen mehr oder minder morschen Ast zu treten, der dann – je nach seiner molekularen Struktur – entweder mit einem lauten Knacken zerbarst oder sich einfach nur lautlos unter seinem Fuß in eine kleine Staubwolke verwandelte. Eine Staubwolke allerdings, die Benno nicht sehen konnte, denn im Wald war es um diese Zeit (es war immerhin Mitternacht, hoffentlich gab es hier nicht irgendwelche übrig gebliebenen Waldgeister aus alten Märchenzeiten) so finster, dass er buchstäblich nicht die Hand vor Augen sehen konnte.

Bumm!

Einen Moment blitzte es vor oder eher in seinen Augen, Benno war zum wiederholten Mal gegen einen Baumstamm gelaufen. Er beschloss, *noch* langsamer und *noch* vorsichtiger auf den Tip-Top-Club zuzugehen.

Wenn er sich nur sicher sein konnte, dass er die richtige Richtung eingeschlagen hatte.

Vielleicht hätte er lieber Harald für diesen mitternächtlichen Ausflug entleihen sollen.

Ein unbestimmtes Gefühl hatte Benno dazu getrieben, sich nach Ende der *Tagesthemen* von den Damen in seinem Hause zu verabschieden, um – wie er sagte – noch einen etwas längeren Abendspaziergang zu unternehmen. Man sollte keinesfalls auf ihn warten, er würde dann irgendwann in der Nacht wieder heimlich, still und leise nach Hause zurückkehren.

Dann hatte er noch ein paar Utensilien in seine Zitrone verpackt und war in Richtung Tip-Top-Club aufgebrochen.

Es war, wie gesagt, einfach ein unbestimmtes Gefühl gewesen, das ihn zu dieser Aktion veranlasst hatte. Einerseits wollte Benno sich nur davon vergewissern, dass der Club nun wirklich völlig geschlossen und verwaist wäre, andererseits wollte er ..., ja, was wollte er eigentlich?

Er war mittlerweile an der Auffahrt zum Tip-Top-Club angekommen.

Endlich konnte er wieder etwas mehr sehen, in ungefähr zwanzig Metern Entfernung erhoben sich schemenhaft die Umrisse des Tip-Top-

Gebäudes gegen den bedeckten Nachthimmel. Vielleicht war ja gerade Vollmond, vielleicht auch nicht, aber wegen der offenbar sehr dichten Bewölkung, von der sogar in der Wettervorhersage von Claudia Kleinert, endlich wusste er den Namen, berichtet worden war, war diese Frage nicht zu entscheiden.

Der Club lag also einen Steinwurf von ihm entfernt in völliger Dunkelheit. Keinerlei Beleuchtung, keine diskreten roten Herzchen, rein gar nichts.

Benno hatte den Eindruck, dass sein Verdacht, die Vögelchen (weitere Wortspielereien untersagte er sich) wären wohl alle ausgeflogen, nunmehr seine Bestätigung fand. Trotzdem blieb er vorsichtig. Sehr zögerlich näherte er sich der Eingangstür, um im fahlen Restlicht ein Schild mit der Aufschrift *Wegen Renovierung geschlossen!* zu entziffern.

Er ging noch einmal um das gesamte Haus herum, was nicht ganz leicht war, denn er musste mindestens einmal über einen Jägerzaun steigen, wobei er beinahe einen äußerst interessanten Teil seiner Hose zerrissen hätte.

Nichts. Niemand zu hören, nichts zu sehen, keine parkenden Fahrzeuge, nicht einmal ein Fahrrad oder ein Paar Rollschuhe.

Alle sind getürmt - mein Gott, was müssen die für einen Schiss gehabt haben!

Offensichtlich hatte die Nachricht von Heynrichs Verhaftung zum fluchtartigen Verlassen des Clubs seitens sämtlicher Insassen, Einwohner oder wie immer man sie auch bezeichnen wollte, geführt.

Benno war wieder am Eingang angekommen und drückte vorsichtig auf die Klingel. Kein Geräusch, das hieß, dass wohl auch der Strom abgestellt war.

Fluchtartig, aber gründlich.

Er ging wieder weiter um das Haus, immer auf der Suche nach dem berühmten offen gelassenen Fenster, er konnte aber nichts dergleichen erspähen. Im Gegenteil, die Fenster schienen sehr solide zu sein, und einige von ihnen waren sogar durch Gitter zusätzlich gesichert. Benno nahm an, dass sich hinter den Gitterfenstern wohl die Geschäftsräume verbargen.

Wie aber sollte er in dieses Haus hineinkommen? Methode *Maulwurf* oder *Rififi*, das war hier die Frage.

Benno trat ein paar Schritte zurück. Er horchte aufmerksam, aber er konnte wieder keine ungewöhnlichen Geräusche feststellen. Dann

130

nahm er die Taschenlampe aus seiner Jacke und leuchtete kurz über das Dach.

Er schaltete das Licht wieder aus.

Der kurze Blick hatte genügt. Das Dach war zwar verhältnismäßig solide mit roten Dachziegeln eingedeckt, aber in der Nähe des Schornsteins war ein Firststein, der durch den Sturm oder ein neugieriges Eichhörnchen oder was auch immer gelockert worden war und etwas über seinen Nachbarn geschoben worden war.

Es war nicht besonders schwer auf das Dach zu gelangen. Ein paar leere Bierkisten auf der Hinterseite des Hauses erleichterten Bennos Anstieg ganz wesentlich. Die Neigung des Daches, es war ein Krüppelwalmdach, Benno hatte diesen Begriff mal in einer Broschüre in einem Baumarkt gelesen, war auch nicht allzu steil.

Vorsichtig und vornüber gebückt schob Benno sich in Richtung Schornstein. Er konnte mit der rechten Hand den lockeren Firststein fühlen, während er sich mit der linken Hand am Schornstein abstützte. Mit einem Ruck war der Firststein entfernt. Benno warf ihn in weitem Bogen auf den Hof, wo er mit einem dumpfen Geräusch landete.

Mit seinem kleinen Brecheisen, das er schon hier und da und dann und wann im Laufe seiner Karriere zum Einsatz gebracht hatte, hebelte Benno den nächsten Firststein ab und machte sich dann daran, ein paar Dachziegel zu lockern. Dies war schon eher mit Schwierigkeiten verbunden, aber es gelang ihm schließlich doch, vier oder fünf Exemplare ebenfalls im Hof landen zu lassen, wo sie jeweils mit einer etwas unangenehmeren Geräuschentwicklung landeten.

Benno leuchtete den Dachschaden kurz aus, den er angerichtet hatte. Er sah die Dachlatten und leider auch, dass ihr Abstand zueinander es keinesfalls zuließ, ihn durchzulassen, selbst wenn er die Luft anhielt und den Bauch einzog oder umgekehrt.

Es half nichts, der Fuchsschwanz musste zum Einsatz gebracht werden. Benno zog die etwas angerostete Säge aus dem Rucksack und begann sein Werk. Er horchte mehrmals auf, aber natürlich war niemand da, der ihn hören konnte, und wenn, dann hätte man es vielleicht für mitternächtliches Schnarchen gehalten.

Nach etwa zehn Minuten hatte Benno eine Art Einstiegsluke gefertigt, aus der er nur noch hässliches gelbes Dämmmaterial herauspfriemeln musste, was nicht völlig ohne Hustenanfall zu bewerkstelligen war.

Schließlich konnte der Einstieg beginnen. Benno ließ seine Beine in das Loch hineingleiten und anschließend sich selbst hinterher, in der stillen Hoffnung, dass er nicht gleich auf etwas sehr Unangenehmem landen würde.

Die Landung war eher angenehm, denn kurze Zeit später fand Benno sich mitten in einem Bett von Spielwiesengröße wieder, das noch von der letzten Benutzung arg zerwühlt aussah und zudem wie eine ganze Douglas-Filiale roch. Er schaltete die Taschenlampe wieder an und orientierte sich kurz.

So also sah es in diesem Puff aus.

Eigentlich gar nicht so ungemütlich.

Benno gähnte. Am liebsten hätte er sich auf der Spielwiese ausgestreckt und erst einmal ein paar Runden geschlafen.

Sinowsky hätte jetzt sicher ein paar sehr private Ermittlungen durchgeführt und sich vielleicht sogar an der Videothek des Hauses bedient.

Benno jedoch stand der Sinn nach weniger erotischen Nachforschungen.

Schon etwas selbstbewusster, denn langsam war er davon überzeugt, der einzige Mensch im Umkreis von mindestens zehn Quadratmeilen zu sein, setzte er seine Haussuchung fort. Im Licht der Taschenlampe fand er zum Flur und ging dann vorsichtig die Treppe in den Gastraum oder Barraum hinunter. An der Bar überlegte er kurz, ob er sich nicht vielleicht einen kleinen Gin Tonic mixen sollte, aber dann fiel ihm ein, dass es wegen des Mangels an Elektrizität sicher auch kein Eis geben würde.

Benno öffnete eine Tür mit der Aufschrift *Privat!* , solche Türen hatten ihn schon immer besonders herausgefordert. Sie war nicht verschlossen, und im nächsten Moment befand er sich in dem Raum, den man als Büro oder Geschäftszimmer bezeichnen konnte. Offenbar hatte hier irgendjemand im Zeichen des Aufbruchs gestanden und ein wüstes Durcheinander hinterlassen. Aktenordner mit Fetzen von herausgerissenen Seiten lagen verstreut auf dem Boden. Ein geöffneter Wandtresor gähnte ihn an. In ihm befand sich aber lediglich ein Kartenspiel, 52-er Blatt mit äußerst freizügigen Darstellungen. Benno steckte das Spiel ein.

Der Schreibtisch war leer, bis auf einen Computer-Monitor, aber das Laufwerk selbst fehlte. Benno atmete tief durch. Hier gab es einfach nichts von dem, was er sich erhofft hatte. Keine Akten, keine Daten, keine Listen mit Namen.

Er stellte die Taschenlampe senkrecht auf den Schreibtisch, was dem Raum den zweifelhaften Charme einer indirekten Beleuchtung verlieh. Dann steckte er die Donnerstagspfeife an, eingedenk der Tatsache, dass es eigentlich bereits die Freitagspfeife sein müsste. Aber wer ahnte schon, wie lange seine nächtlichen Ermittlungen dauern würden?

Klarer Fall von denkste. Natürlich alles futsch.

Ach, guck mal an, die Puffmutter scheint Darts-Spielerin zu sein.

An einer Pinnwand gegenüber dem Schreibtisch hing ein ziemlich undeutliches Zeitungsbild, das offensichtlich als Zielscheibe gedient hatte. Der Kopf der betreffenden Person war derart von Pfeilwürfen durchlöchert, dass er nicht mehr zu erkennen war. Benno nahm vorsichtig das Stück Zeitungspapier ab und ließ seine Taschenlampe, deren Schein bereits etwas schwächelte, darüber gleiten. Es war der Teil einer Seite aus dem *Ginsberger Tagblatt*, Benno erkannte sofort die Schrifttypen. Der Text war zwar nicht ganz vollständig, es ging aber offenbar um einen Bericht über eine kommunalpolitische Diskussion.

Stadtkämmerer Alwin Ott prangerte darin die Verschwendungssucht in manchen Abteilungen der Stadtverwaltung an, wollte aber auch auf Nachfragen der anwesenden Journalisten keine Namen nennen. Der Zeitpunkt hierfür sei noch zu früh, erst müssten seine Untersuchungen ...

Hier endete der Text vorläufig. Es wäre kein Problem, einmal beim Ginsberger Tagblatt vorzusprechen und ...

Benno gähnte herzhaft und beschloss, seine Zelte an diesem Ort wieder abzubrechen.

Moment einmal, Alwin Ott? Ott? So hieß doch auch der Fahrer, den wir auf die Strafbank geschickt haben. Ott, natürlich.

Aber, der Staatsanwalt hieß ja auch Ott.

Wahrscheinlich war das Ginsberger Telefonbuch voll mit Otts. Was sollte das schon bedeuten.

Trotzdem, es war merkwürdig. Irgendjemand in diesem Hause schien den Herrn Ott so unsympathisch zu finden, dass er sein Bild in Ermangelung von Cruise Missiles mit Dartpfeilen bewarf. Ott war Stadtkämmerer, Sowieso war auch bei der Stadt. Da gab es doch sicher einen Zusammenhang. Und Gilbert Ott, der Fahrer? War das vielleicht sein Bruder? Oder seine Schwester?

Blödsinn, Benno. Du musst nach Hause, ab ins Bett. Morgen ist wieder Tipptopp-Tag. Und du kannst ja mal August fragen, der wird sich mit den gesammelten Otts schon auskennen.

Er nahm sich noch eine Kognakbohne aus einer geöffneten Schachtel auf dem Regal links von ihm und bereitete sich innerlich auf seinen Abflug vor.

27. Kapitel

„Hallo, Bertram, gut, dass du schon da bist, ich muss gleich mal mit dir reden!"

Joachim Heynrich hatte die Tür von Maschine 2 geschlossen und das Programm mit dem Reinigungsablauf eingegeben. Er stand von seinem Platz hinter der Theke, wo er in die Hocke gegangen war, auf und kam auf Benno zu.

„Morgen, Achim!", versuchte Benno so fröhlich wie möglich zu verkünden. Innerlich wurde er aber von einer gewissen Unruhe erfasst, der junge Herr Heynrich, von ihm *Achim* genannt, machte einen unerwartet entschlossenen Eindruck auf ihn.

Er winkte Benno, ihm ins Büro zu folgen. Sie setzten sich ohne Umschweife auf die Clubsessel unter dem Che-Guevara-Porträt und Achim schenkte Kaffee aus einer vom vielen Gebrauch etwas mitgenommenen Thermoskanne in zwei einfache weiße Becher. Der Kaffee roch gut, wahrscheinlich hatte der junge Heynrich ihn selbst zubereitet.

„Also, Bertram, es geht um folgendes: Mein Bruder, das kann in der Firma ja kein Geheimnis bleiben, ist verhaftet worden. Man wirft ihm vor, einen alten Freund umgebracht zu haben. Ich kann dazu natürlich gar nichts weiter sagen, ich weiß nur, dass Volkert, äh, mein Bruder, nie im Leben so etwas tun könnte. Dazu kenn' ich ihn viel zu gut. Aber, was ganz anderes: Solange er nicht wieder frei ist, sind wir im Geschäft ganz schön in der Klemme. Was ich eigentlich sagen wollte: Du bist ja als Aushilfsfahrer bei uns eingestellt, bis der Gilbert Ott von seinem Urlaub zurückkehrt, so ungefähr Anfang November. Wir könnten dich sehr gut weiter im Geschäft brauchen, du bist ja geschickt mit allen Sachen, du kannst sicher auch die Maschinen bedienen und so weiter."

Joachim kam etwas ins Stocken. Benno merkte ihm an, dass er die folgenden Sätze innerlich wohl schon mindestens fünfmal vorm Spiegel ausgesprochen haben musste:

„Also – ich bin bis auf weiteres der Chef hier und habe die volle Verantwortung. Ich weiß zwar, dass du irgendeinen Job in Wiesbaden in Aussicht hast, aber ich biete dir eine feste Anstellung bei uns an. Auch wenn mein Bruder wieder zurückkommt, brauchen tun wir dich auf jeden Fall."

Benno meinte einen kleinen Schweißtropfen auf Joachims Stirn wahrgenommen zu haben. Vielleicht war es aber auch nur etwas kondensierter Kaffeedunst.

Benno – alias Bertram Sinowsky – war in diesem Augenblick echt gerührt. Das Vertrauen ehrte ihn. Für einen Moment war er sogar geneigt, seinen Detektivberuf an den Nagel zu hängen und auf hauptamtlichen Wäscheeinfüller in der Tipptopp-Reinigung umzusatteln.

Joachim beobachtete derweil besorgt Bennos Zögern.

Benno seinerseits versuchte Zeit zu gewinnen. Mit einem „Ich darf doch kurz rauchen?" hatte er seine Freitagspfeife aus der Jackentasche geholt und in Betrieb genommen. Was sollte er jetzt sagen?

Joachim wartete natürlich immer noch auf seine Antwort.

Sollte er zusagen? Das wäre nicht fair.

Sollte er absagen? Das wäre eine herbe Enttäuschung für den „Junior-Chef". Sollte er sich Bedenkzeit erbitten?

Joachim schaute ihn ernst an.

Benno war klar, dass jetzt mal wieder einer dieser Momente im Leben da war, wo man alles auf eine Karte setzen musste. Hatte man die richtige Karte gewählt, blieb man im Spiel und hatte die Chance zu gewinnen. Bei der falschen Karte hatte man alles in einem kurzen Augenblick unwiederbringlich vermasselt und würde in hohem Bogen aus dem Spiel fliegen.

Bennos Entscheidung war gefallen.

„Achim – ich muss dir jetzt mal etwas erklären. Bleib' bitte ruhig sitzen und hör' mir einfach zehn Minuten lang zu. Danach kannst du mich entweder rausschmeißen oder wir können uns weiter unterhalten!"

Joachim Heynrich schaute ihn so erwartungsvoll an, als würde dieser Bertram Sinowsky, von dem er eine ganze Menge hielt, gleich eine Regierungserklärung abgeben.

„Zunächst mal heiße ich gar nicht Bertram Sinowsky – in Wahrheit bin ich Benno Jenssen, ja, so heiße ich wirklich, kein Witz, und ich stamme aus Wilhelmshaven – mit Vau – nicht aus Berlin. Ich hab' mich in eurem Laden unter falschem Namen eingeschlichen, aber ich kann dir genau erklären, warum."

Und Benno erzählte seine Geschichte – von den Blutflecken in Iris' Kleid bis zur Verhaftung von Joachims Bruder – in allen Einzelheiten, wobei er auch nicht die eigentlich ziemlich gemeine Falle, die er dem

Fahrer Gilbert Ott gestellt hatte, ausließ. Es wurde ein Benno-Monolog von weit mehr als zehn Minuten, bei dem ihm Joachim Heynrich mit weit aufgerissenen Augen gegenüber saß und ihn glücklicherweise nicht unterbrach. Benno fragte sich zuweilen, ob Achim ihm eigentlich noch geistig folgen konnte, denn für seine Ohren musste diese Story doch klingen wie aus einem sehr schlechten Film.

„Also, verstehst du, äh, Achim, warum ich das einfach tun musste?"

Benno hatte den Vornamen seines Gegenübers sehr zögerlich ausgesprochen, zumal er nicht wusste, ob besagter Achim ihm nicht sofort das Du wieder entziehen würde.

Achim zögerte etwas und rührte in seinem Becher herum, obwohl der bereits leer getrunken war. Endlich begann er etwas zu sagen:

„Okay, okay, du bist also nicht der Bertram, sondern der Benno. Schon klar. Und du hast dir gedacht, dass der Sowieso irgendwie in unserer Reinigung verschwunden ist, wie auch immer. Gut, gut. – Nein, nein, ich bin nicht sauer, aber ich muss das erstmal alles kapieren. – Puh – ein richtiger Detektiv bei uns in der Tipptopp-Reinigung? Ist ja eigentlich total irre!"

„Du schmeißt mich nicht raus?"

„Warum sollte ich? *Ich* hab' doch nichts verbrochen. Und – das hab' ich echt so gemeint – der Volkert hat bestimmt auch nichts mit dem Verschwinden von Sowieso zu tun. Der Volkert macht solche Sachen nicht, der beseitigt keine Leute. Schön, die Sache mit dem Club im Wald, das ist natürlich nicht ganz astrein, und ich will auch nichts damit zu tun haben, aber es ist doch kein Verbrechen, wenn man etwas für das Amüsement der Leute tut, oder? – Sag' mal, äh, Benno, ganz ehrlich – hältst du meinen Bruder denn wirklich für den Mörder?"

Benno zögerte etwas. Achim hatte ihn an einem wunden Punkt getroffen.

„Ich bin mir nicht sicher. Nein, wenn du mich so fragst, würde ich sagen, im Zweifel für den Angeklagten, es muss die Unschuld vermutet werden, so lange, bis jemand mit Beweisen überführt worden ist. Und soweit ich weiß – eindeutige Beweise gibt es bisher nicht. Nur jede Menge unklare Fragen."

„Dann frag' *mich* doch," wandte Achim ein, „vielleicht kann *ich* dir helfen."

„Also gut – hast du wirklich nichts von irgendwelchen Blutflecken gemerkt, das muss so etwa Mitte September gewesen sein?"

„Mmh, es gab da ein paar Reklamationen wegen Flecken, die nicht herausgegangen waren. Aber soweit ich weiß, hat niemand etwas von Blutflecken gesagt, vielleicht eher von Kakaoflecken, weißt du, solche Flecke sind manchmal sehr schlecht zu unterscheiden, wenn sie erstmal etwas eingetrocknet sind. Doch, so drei bis vier Kunden haben sich beschwert, aber wir haben natürlich nachbehandelt, und am Ende waren keine Flecke mehr da."

„Achim, du weißt ja, dass diese Flecke und die Flecke im Ford Transit Blutspuren von Stadtrat Sowieso sind – dieser Sowieso ist immer noch verschwunden. Hast du denn vielleicht irgendeine Erklärung?"

„Du meinst – für diese Spuren? Nein, das kann ich mir nicht erklären. Da müsste Sowieso ja mit unserem Wagen gefahren sein, oder er wurde mit unserem Transit transportiert, besser, seine Leiche, so wie du dir das vorstellst."

„Sag' mal, Achim, könnte der Gilbert Ott etwas damit zu tun haben?"

„Der Gilbert? Ich wüsste nicht, warum er das tun sollte. Aber du meinst, hat er die Gelegenheit dazu gehabt, eine Leiche zu transportieren? Dann würde ich sagen, sicher, eine Gelegenheit hat er jederzeit gehabt. Manchmal hat er den Wagen auch noch abends für eine kurze Fahrt ausgeliehen, mal wollte er zum Möbelmarkt, mal wollte er einem Bekannten einen Gefallen tun. Mein Bruder hat ihm das immer erlaubt, der Gilbert ist eigentlich ja auch ein zuverlässiger Fahrer. Bisschen riskant fährt der manchmal, naja. War aber bisher immer gut gegangen. Vielleicht gar nicht schlecht für den, dass du ihm mal einen Dämpfer verpasst hast!"

Ein besonderer Freund von Gilbert Ott schien Joachim Heynrich ja nicht gerade zu sein.

Ein Pfeifsignal von Maschine 1 oder 2 ertönte. Joachim sprang automatisch auf.

„Warte kurz," sagte Benno, „ich möchte, dass unser Gespräch unter uns bleibt, in Ordnung? Und wegen deines Angebotes mache dir man keine Sorgen, ich werde dir schon irgendwie helfen, aber ob ich meinen Beruf endgültig an den Nagel hänge und bei euch einsteige, das muss ich mir wirklich noch mal überlegen!"

Joachim Heynrich nickte. Aber nun musste er wirklich die Maschine öffnen, sonst würde die Wäsche noch kraus.

28. Kapitel

Am Vormittag desselben Tages, an dem Benno seine Identität Joachim Heynrich gegenüber offenbart hatte, fand im Gerichtsgebäude von Urbach der Haftprüfungstermin für den Verdächtigten Volkert Heynrich statt.

In dem relativ schlichten und schmucklosen Besprechungszimmer Nr. 432 (im vierten Stock) waren außer dem Verdächtigten seine Anwältin, Gudrun Schlichtegroll, und die Herren Ott (Staatsanwaltschaft) und Heuse (Kripo Ginsberg) anwesend.

Richter Meinhart Denzel führte das eher informelle Gespräch.

Es würde zu weit gehen, sämtliche Details zu schildern. Überspringen wir also die ersten 37 Minuten und kommen zum Ergebnis.

„Ein hinreichender Tatverdacht scheint mir unter diesen Umständen nicht gegeben zu sein. Daher ist der anwesende Herr Volkert Heynrich unverzüglich aus der Haft zu entlassen."

Diese von Meinhart Denzel gesprochenen Worte lösten unterschiedliche Reaktionen aus. Spürbare Erleichterung bei Heynrich, Genugtuung bei Gudrun Schlichtegroll, Bedauern bei Staatsanwalt Enno Ott, Frust bei Inspektor Heuse, der gerade noch versichert hatte, dass Heynrichs Alibi noch nicht vollständig überprüft worden wäre.

Volkert Heynrich versicherte seinerseits, dass er keinesfalls gewillt wäre, die Stadt fluchtartig zu verlassen und dass er selbstverständlich der Polizei weiter zur Verfügung stünde, denn Friedensreich Sowieso sei sein alter Freund und er hätte selbst ein großes Interesse an der Aufklärung des Falles.

Daraufhin entschwanden Heynrich und Schlichtegroll in Richtung der Lokalität „Zur erfolgreichen Revision", gleich gegenüber dem Gerichtsgebäude. Man wollte den Erfolg mit einem Kännchen Kaffee feiern.

Ott und Denzel entschwanden in die unübersichtlichen Gänge des Gerichtsgebäudes, um sich fünf Minuten später in der Kantine wieder zu begegnen.

Heuse suchte seinen Wagen, den er irgendwo am Straßenrand abgestellt hatte. Nachdem er ihn gefunden hatte, musste er zu seinem Leidwesen feststellen, dass ein übereifriger Verfechter der Überwachung des ruhenden Verkehrs ihm ein Ticket verpasst hatte. Logisch, er stand ja auch im absoluten Halteverbot. Aber man konnte ja nicht alle Vorschriften kennen, er war bei der Kripo, nicht bei der Verkehrspolizei.

Etwa zur selben Zeit befand August Bammel sich im Archiv des *Ginsberger Tagblatts*. Eine Stunde zuvor war Benno mit einer Tüte frischer Brötchen bei ihm aufgetaucht. Er hätte leider nicht viel Zeit, der Tipptopp-Lieferwagen stand an der Straße, und er wollte August nur bitten, ein paar routinemäßige Nachforschungen anzustellen.

Nun saß August recht gemütlich in einer Art kleinem Lesesaal und hatte einige Festmeter älterer und ganz alter Zeitungen um sich herum aufgebaut. Harald hatte leider draußen warten müssen, er hätte vielleicht etwas zielstrebiger bei der Suche helfen können.

Im Klartext ging es um Alwin Ott, den Stadtkämmerer, und insbesondere sein Verhältnis zur Stadtverwaltung im Allgemeinen und zur Baubehörde im Besonderen.

August blätterte und las, las und blätterte. Normalerweise war er ein Freund des Zeitungslesens, aber wenn man einige hundert Exemplare durchforschen musste, konnte einem schon der Spaß vergehen. Glücklicherweise fand er schon bald einen ersten Artikel, dann einen weiteren, außerdem Leserbriefe, Randnotizen und so weiter und so fort. Nach zwei Stunden hatte er immerhin schon so viel Material gesammelt, dass es für einen kleinen Vortrag seinerseits in Bennos Mittagspause reichen würde.

Dieser Vortrag fand in der Tat statt um genau 12.34 Uhr, in einem einfachen Hamburger-Restaurant etwas außerhalb der Stadtmitte, das August empfohlen hatte, weil das Mitnehmen von Hunden gestattet war und zudem die Konsistenz der angebotenen Esswaren seinem Gebiss keine allzu großen Schwierigkeiten machen würde.

Nachdem sie sich an der Theke mit Hamburgern, Salat und Cola sowie einer Flasche Mineralwasser für Harald versorgt hatten, setzten sie sich an einen Tisch am Fenster. Benno schaute August auffordernd an, und der begann sogleich seinen – von gelegentlichen Bissen und Schlucken unterbrochenen – Monolog:

„Ganz interessant, was ich so herausgefunden habe, Benno. Alwin Ott ist mir selbst natürlich auch ein Begriff, soll ein unangenehmer Mensch sein. Er hat ja den Stadtsäckel unter sich. Also: Der ist vor ungefähr zehn Jahren aus der Gegend von Pforzheim zu uns nach

Ginsberg gekommen. War auch schon Kämmerer in..., naja, ist ja auch egal. Ist da wohl weggelobt worden. Hat in Ginsberg zunächst sehr guten Eindruck gemacht, die Finanzen entzwirbelt und einige überteuerte Kredite abgelöst und so weiter. Aber dann hat er sich immer weiter herausgewagt und immer mehr Kritik an allen möglichen Entscheidungen geübt, so, als wäre er der Landesrechnungshof. Hat sich in manchen Ämtern unbeliebt gemacht. Dann schrieb er noch Leserbriefe zu allen denkbaren Problemen, immer hochmoralisch, und jedes Mal schaffte er den Dreh hin zum Thema Geld. In letzter Zeit soll er mehrfach gedroht haben, irgendwelche höheren Tierchen im Rathaus zu enttarnen. Wahrscheinlich ist er so eine Art Dossier-Sammler, der hat offenbar nichts anderes zu tun, als die Fehler seiner Mitmenschen aufzuzeichnen. – Und dann, das ist bei uns in Ginsberg das Schlimmste: Er ist kein Katholik, sondern ein Protestant, so ein Evangelischer, soll sogar Pietist sein, das sind ja die schlimmsten."

Benno nickte zustimmend. Er war zwar Protestant, aber keinesfalls so ein eifernder Pietist. Jede Art von Fanatismus war ihm ohnehin zuwider.

Er nahm sein Colaglas und ließ die Reste der Eiswürfel herumwirbeln.

„Also, August, so ein Mann kann doch nur der natürliche Feind von Sowieso sein. Gibt es dazu Hinweise?"

„Sicher, auch das. Die Bauprojekte der öffentlichen Hand wurden von Alwin Ott geradezu niederschmetternd beurteilt: Zu viel Prestigedenken, zu teuer, zu schlampig, Mängel in der Bauaufsicht. Wahrscheinlich hatte er leider auch noch Recht damit. Wer aber so einen Typen im Nacken hat, für den könnte es äußerst unangenehm werden."

„Glaubst du, dass der Ott so eine Art Psychopath ist – Rächer der Enterbten oder so ähnlich?", fragte Benno.

„Bin ich Seelenklempner? Aber, im Ernst, zutrauen würde ich dem alles."

„Und dann gibt es ja noch diesen Gilbert Ott, den Fahrer aus der Tipptopp-Reinigung, den wir auf Eis gelegt haben. Der gleiche Nachname kann natürlich nur ein Zufall sein. Aber man müsste herausfinden, ob die beiden nicht vielleicht doch miteinander verwandt sind."

August stand auf.

„Ich geh' mal telefonieren, Benno."

„Nimm doch mein Handy!"

„Nee danke, draußen vor der Tür ist doch eine Zelle. Ist billiger! Bin gleich wieder da."

Nach einer Viertelstunde, Benno schaute schon sorgenvoll auf die Uhr, Augusts Hamburger war kalt und seine Cola war warm geworden, kehrte der pensionierte Oberrat mit einem triumphierenden Lächeln im Gesicht wieder an den Tisch zurück und setzte sich geräuschvoll.

„Habe da mal eben etwas nachforschen lassen, kleiner Anruf bei Schnittger, die Recherche hat aber ein paar Minuten gedauert. Ergebnis: Gilbert Ott ist der Sohn von Alwin Ott. Übrigens der einzige Sohn, aber das ist in diesem Zusammenhang wohl egal."

Benno stieß einen anerkennenden Pfiff aus. Die Zusammenarbeit mit den (ehemaligen) Staatsorganen zahlte sich doch zuweilen aus.

„Vattchen und Sohnemann also, hätte man sich ja fast denken können. Also: Meine Theorie: Ott & Ott bringen Sowieso um und beseitigen seine Leiche mit dem Tipptopp-Wagen. Ganz einfach!"

„Einfach?", meinte August kopfschüttelnd. „Kannst du mir mal sagen, warum? Es wäre doch wohl logischer gewesen, wenn Sowieso den Ott umgebracht hätte."

„Einerseits ja," widersprach Benno, „andererseits kann es aber auch einen Streit zwischen beiden gegeben haben, erst Auseinandersetzung mit Worten, dann mit Fäusten, leichter Artillerie und so fort. Allgemeine Eskalation!"

„Und du meinst, dann hat Ott im Streit den Sowieso erledigt, und Sohnemann hat dann dessen Leiche stilvoll beseitigt?"

„So könnt's gewesen sein. Oder auch ganz anders. Aber bleiben wir doch zunächst mal dabei."

Benno blickte wieder zur Uhr. Gleich wäre seine Mittagspause beendet. Immerhin: Ein neuer, vielleicht nicht ganz neuer, Verdacht: Stadtkämmerer Alwin Ott tötet Stadtrat Friedensreich Sowieso. Gilbert Ott, Alwin Otts Sohn, beseitigt die Leiche. Die Sache hatte nur zwei Haken: Erster Haken: Das Motiv war unklar. Zweiter Haken: Wo war die Leiche jetzt?

Benno zündete seine Freitagspfeife an und blies unabsichtlich einen Rauchring in Richtung August, der ihn mit einer eleganten Bewegung seiner Papierserviette parierte.

„Hast du eine Ahnung, mit welchem Projekt Sowieso zuletzt beschäftigt war?"

August überlegte kurz und blätterte in seinen Notizen.

„Natürlich, stand ja mehrfach in der Zeitung in letzter Zeit. Der Bau der neuen Kläranlage. Gab viel Anlass zur Kritik. Luxuriös, überdimensioniert und so weiter. Ja, an dieser Sache war Sowieso dran, bevor er in der Versenkung verschwand."

„Sag' das doch bitte noch einmal!"

29. Kapitel

„Nanu, Sie schon wieder?", fragte Trude Dahmlos, die am Empfang des *Ginsberger Tagblatts* saß und sich ehrlich darüber wunderte, dass Herr Bammel, der ihr durchaus ein Begriff war, schon wieder bei ihr aufgetaucht war.

„Ja, ich schon wieder," sagte August Bammel mit einem gewissen Chef-Unterton in der Stimme, „ich müsste schnell mal mit jemandem von der Lokalredaktion reden!"

„Ja, dann gehen Sie am besten zu Herrn Hohrn, Holger Hohrn, der ist gerade vom Essen zurück und müsste oben sein!"

Sie wies auf die Treppe und wollte noch sagen: „Aber den Hund lassen Sie bitte draußen!" – da war August schon mit eiligen Pensionärsschritten in der oberen Etage verschwunden.

Lokalredaktion Ginsberg, H. Hohrn

Hier war er richtig.

August Bammel klopfte kurz an und öffnete die Tür im selben Moment, als er ein gedämpftes *Herein!* von der anderen Seite hören konnte.

Holger Hohrn saß an seinem Schreibtisch und studierte gerade ein Blatt der Konkurrenz. Er stand höflich auf, denn Polizeioberrat Bammel war ihm durchaus noch aus dessen aktiveren Zeiten bekannt, insbesondere von den Pressekonferenzen anlässlich der drei oder vier spektakulären Ereignisse, die sich in den letzten dreißig Jahren zugetragen hatten.

Nach der durchaus herzlichen Begrüßung kam man gleich zur Sache.

„Herr Hohrn, ich bin an einer Auskunft interessiert, ich denke mir, dass Sie da der richtige Ansprechpartner sein werden."

August hatte sich gesetzt und fuhr fort:

„Ich brauche alle Informationen über den Neubau der Kläranlage seit, sagen wir mal Anfang September."

Hohrn schaute Bammel vergnügt an. Kläranlage? Warum wollte er das wohl wissen? Laut sagte er aber:

„Natürlich, kein Problem. Wir haben da ja ausführlich drüber berichtet. Gab ja seinerzeit sogar eine Bürgerinitiative, Anhörungen und alle Schikanen. Warten Sie, ich hab' hier alle Berichte über Ginsberg auf meinem Rechner."

Hohrn klickte und doppelklickte sich durch seine Dateien, bis er offenbar fündig geworden war.

„Ja, da haben wir was: Freitag, 10. September: Grundsteinlegung. Bürgermeister, Stadtbaurat Sowieso, Frau Maier-Schinckendorff vom Umweltministerium und so weiter. Baubeginn war ... warten Sie ... Montag, der dritte Mai. Ausschachtungen und so fort. Ja, hier steht noch etwas über die zurzeit modernste Technik, die überhaupt verfügbar ist. Hmm, da ist noch ein Leserbrief von einem Herrn Ott, der behauptet, das Klärwerk wäre viel zu groß konzipiert und würde ein Riesenloch im Haushalt der Stadt Ginsberg verursachen. Moment mal, das ist doch der Stadtkämmerer, der Herr Alwin Ott. Dass der so was als Leserbrief in die Zeitung setzen lässt, ist ja schon fast unbegreiflich. Das grenzt ja an Nestbeschmutzung. Normalerweise hackt doch eine Krähe der anderen kein Auge aus. Aber: Voraussichtliche Baukosten: 15 Millionen Euro – das ist ja auch kein Pappenstiel."

August Bammel hatte gespannt zugehört und auch seinen Notizblock in Bereitschaft gehalten. „Am 10. September war also die Grundsteinlegung mit Festakt et cetera. Am 14. September wurde Sowieso zuletzt lebend gesehen. Seitdem ist er verschwunden."

Hohrn schaute August Bammel fragend an. Das klang nach einer Story.

„Und wissen Sie zufälligerweise, wie weit der Bau fortgeschritten ist?"

„Nein, leider nicht so genau. Nur, dass ein paar Tage nach der Grundsteinlegung das Fundament geschüttet werden sollte. Steht alles in diesem Artikel. Habe ich übrigens selbst geschrieben."

„Ein paar Tage?"

„Ja, genau."

August stand auf.

„Sie haben mir sehr geholfen, Herr Hohrn. Übrigens – falls in der nächsten Zeit etwas wirklich Besonderes passiert, erfahren Sie es persönlich von mir. Können Sie sich drauf verlassen!"

Am Abend desselben Tages, gegen 18.20 Uhr, um genau zu sein, fuhren zwei Fahrzeuge auf die Baustelle des neuen Großklärwerkes Ginsberg. Im ersten Wagen, einem gelben Citroën-Lieferwagen, saßen Benno Jenssen, August Bammel sowie Harald, nach dessen Nachnamen Benno sich bislang noch nicht erkundigt hatte. In dem unauffälligen dunkelgrauen Passat saß Inspektor Heuse, übrigens solo, denn auf die Mitnahme von Oberwachtmeisterin Meier hatte er großzügigerweise verzichtet. Er glaubte ohnehin nicht an den Erfolg dieser Mission, die ihm sein Chef, Polizeioberrat Schnittger, aufgetragen hatte.

Sie hatten die Wagen geparkt und waren ausgestiegen.

„Haben Sie die Jacke mitgebracht?", fragte Benno Inspektor Heuse.

Dieser nickte nur und wies auf eine Kaufhaus-Plastiktasche. Darin befand sich die bereits einmal zur Anwendung gekommene Bürojacke von Friedensreich Sowieso.

August Bammel nahm Heuse die Jacke ab und hielt sie Harald unter die Nase.

„Such den Mann, such!"

Harald gab einen einmaligen, aber erfreuten Bell-Laut von sich. Seine Ohren spitzten sich und sein Schwanz wedelte, als wollte er einen ganzen Mückenschwarm verscheuchen. Dann setzte er sich aufgeregt in Bewegung.

Heuse blickte dem Hund skeptisch hinterher. Kluge Hunde gab es seiner Meinung nach nur im Fernsehen.

Dennoch folgte er der kleinen Gruppe, die ihrerseits dem Hund folgte.

Es wurde eine Art Slalom zwischen Sandhaufen, Baumaschinen, Gerüsten und zahlreichen Pfützen.

Harald hielt an. Er blickte zu seinem Herrchen auf und zeigte mit der rechten Vorderpfote auf das einigermaßen eben gegossene Betonfundament.

„Da also!", rief August Bammel aufmunternd.

Harald schnüffelte und ging langsam weiter.

An einer bestimmten Stelle hielt er an und benahm sich so, als wollte er einen Knochen ausgraben.

Bammel holte ein Stück Kreide aus der Tasche und malte ein großes Kreuz auf den Beton.

„Gut, Harald, sehr gut!", lobte er den Hund.

„Ja, da wäre es wohl," meinte Benno, „jetzt brauchen wir nur ein bisschen Werkzeug."

„Sie können doch nicht einfach ...", wandte Heuse ein.

Benno war schon der Meinung, dass er einfach konnte. Leider lag kein Presslufthammer bereit, der war wohl weggeschlossen, es gab ja so viele unehrliche Menschen, sogar in Ginsberg, aber es fanden sich eine Spitzhacke und zwei Vorschlaghämmer.

Die Männer krempelten die Ärmel hoch, eingedenk der schwierigen Aufgabe, die ihnen nun bevorstand.

Abwechselnd führten sie ihre Schläge gegen den gut abgebundenen Ginsberger Spezialbeton. Nach einiger Zeit führten ihre Bemühungen zu einem gewissen Erfolg. Aus einem kleinen Loch wurde allmählich ein größeres und sogar tieferes Loch.

„Halt, langsam, da seh' ich was!", rief Heuse plötzlich.

Es war ein Stück Stoff, von einem Herrenjackett in Größe 102, dunkelblau und recht geschmackvoll gemustert.

Vorsichtig arbeiteten sie sich weiter heran. Schließlich konnte Benno etwas aus der Innentasche des Jacketts, das im übrigen von menschlichen Überresten erfüllt zu sein schien, eine äußerst schmutzige und staubige Brieftasche hervorziehen.

„Sieh mal an, der Personalausweis von Friedensreich Sowieso. Dann dürfte die Leiche wohl dazugehören. Herr Heuse, ich glaube, Sie sollten jetzt Ihre Kollegen verständigen!"

30. Kapitel

In Bennos Haus in der Hermannstraße 17 fand an diesem Abend so etwas Ähnliches wie eine Siegesfeier statt. Um genauer zu werden, müsste man dabei eigentlich von der Feier eines Etappensieges sprechen, denn der endgültige Erfolg, die Überführung des Täters, stand noch aus.

Neben den Bremerinnen waren noch Iris, Benno und August Bammel nebst Harald um den Couchtisch versammelt. Es gab Schnittchen und den unvermeidlichen *Ginsberger Nachtschattenberg*, der auf Wunsch (eigentlich handelte es sich hierbei nur um Augusts Wunsch, denn er musste ja noch fahren) mit Mineralwasser verdünnt werden konnte.

Benno brachte die Damen des Hauses auf den letzten Stand der Dinge, wobei er nur unwesentlich von August Bammel unterbrochen wurde, dessen Verdienste er allerdings auch mehrfach betonte.

Für Benno war es eine große Genugtuung, dass sich sein Anfangsverdacht (Blutflecke aus der Reinigung) letztendlich doch bewahrheitet hatte. Wenn der letzte Beweis, dass es sich bei der Leiche im Fundament des Klärwerk-Neubaus tatsächlich um den seit Wochen vermissten Friedensreich Sowieso handelte, noch ausstand, so konnte man sich dessen doch nahezu sicher sein.

„Und hat man erst einmal die Leiche, führt der Weg auch bald zum Täter", warf August ein, der Mann der jahrelangen Praxis. Nein, allzu viele Morde habe es während seiner aktiven Laufbahn in Ginsberg ja nicht gegeben, aber immerhin seien sie fast alle aufgeklärt worden. Er könnte da Geschichten erzählen ..., aber er hatte den Eindruck, dass das im Moment nicht sonderlich erwünscht war.

Emma äußerte sich nachdenklich, als ob sie etwas nicht verstanden hätte:

„Es steht ja eigentlich fest, dass dieser Tote im Beton der Herr Sowieso ist. Es steht ja wohl auch fest, dass der Tote im Lieferwagen von deiner Reinigung transportiert wurde. Wahrscheinlich ja von dem Fahrer, denn der Besitzer hat wohl ein astreines Alibi, nicht wahr?"

August und Benno nickten zustimmend, also fuhr sie fort:

„Aber der Fahrer von der Tipptopp-Reinigung hat wahrscheinlich kein Motiv, den Stadtbaurat umzubringen, es sei denn, er wollte sich für die engen Straßen rächen."

„Richtig, Schwesterchen, aber der Fahrer ist der Sohn vom Stadtkämmerer Alwin Ott. Und dieser Ott, der hatte einen richtigen Hass auf alle in der Stadtverwaltung, die mit dem Geldausgeben beschäftigt waren. Man stelle sich vor, er hat sogar in aller Öffentlichkeit gegen Verschwendung und besonders auch gegen den Neubau der Kläranlage polemisiert!"

„Es könnte also", meinte Anna, „einen Streit zwischen Sowieso und Ott gegeben haben. Während des Streits sind sie handgreiflich geworden, und dann hat Ott den Sowieso umgebracht. Es hätte vielleicht auch andersrum sein können."

Nun meldete sich August Bammel wieder zu Wort:

„Vergessen wir auch nicht, dass Ott gedroht haben soll, bestimmte Leute in der Stadtverwaltung als Verschwender zu outen!"

Benno hätte August solche modernen Worte gar nicht zugetraut. Wahrscheinlich wollte er den Damen damit zeigen, wie up to date er noch war.

„Warten wir also ab, was die Untersuchung der Leiche ergibt", sagte Benno.

„Ja," sprach August, „das müssen wir ja wohl erst mal abwarten."

31. Kapitel

An diesem Montag, als Benno sich wieder hinter dem Steuer des Ford Transit befand, um die Filialen und Annahmestellen der Tipptopp-Reinigung anzufahren, taten sich viele Dinge und hatten sich auch bereits schon viele Dinge im schönen Ginsberg, irgendwo im Hessischen, getan.

Benno hatte die Zeit des Abwartens am Wochenende im Wesentlichen mit Müßiggang und liebevoller Zuwendung zu seiner Iris verbracht. Man hatte auch gemeinsam mit den Bremerinnen einen kleinen Sonntagsausflug „in die Weinberge" gemacht, die die Uferhänge der Gins säumten. Es war schönes, sonniges Herbstwetter gewesen, und man hatte in einem dörflichen Gasthof ein frugales Mittagsmahl mit einem dazugehörigen einheimischen Tröpfchen genossen.

Auch Volkert Heynrich, wieder im vollen Genuss der Freiheit, hatte sich in Dankbarkeit seiner Babette zugewandt und den Sonntag mit ihr mehr oder weniger im Bett verbracht (die Kinder waren bei der Oma). Nur zwischendurch war er hin und wieder aufgestanden und hatte in seinem kleinen Arbeitszimmer ein paar Unterlagen geschreddert, die vielleicht noch in Zukunft etwas unangenehm für ihn hätten werden können.

Joachim Heynrich hatte am Samstagnachmittag noch ein paar Mal die Maschinen laufen lassen und alles für den Montag vorbereitet. Dann zog er sich mit ein paar Flaschen Tuborg Export vor seinen Fernseher zurück, um möglichst ein paar alte Spielfilme zu sehen, vorzugsweise in Schwarz-Weiß. Auch den Sonntag verbrachte er überwiegend mit dieser (Un-)Tätigkeit und unterbrach diese nur, indem er um die späte Mittagszeit zum Griechen um die Ecke ging.

Frau Melanie Unstetten-Sowieso wurde gerade in den Frühstücksraum ihrer Firma gebeten, eine Dame und ein Herr von der Polizei hätten ihr etwas mitzuteilen. Es handelte sich um Inspektor Heuse und Oberwachtmeisterin Meier, die ihrem Vorgesetzten gern das Wort überließ. Sie hörte auch lieber nicht genau hin, als Heuse der Unstetten-Sowieso die Nachricht vom Tode ihres Mannes mit typisch männlicher Umstandskrämerei zu übermitteln versuchte. Frau Unstetten-Sowieso brach daraufhin kurzfristig zusammen, konnte aber mit Hilfe eines Fernet Branca nach wenigen Minuten wieder belebt werden. Ob ihr Gefühlsausbruch echt gewesen war, ließ die Oberwachtmeisterin insgeheim dahingestellt sein. Sie hoffte nur, dass Heuse jetzt nicht so etwas sagen würde, wie: „Ganz ruhig, Sie finden schon wieder einen neuen Mann!" – denn so, wie die Unstetten aussah, durfte das getrost angezweifelt werden.

Auf welche Weise Heuse aber diese arme Frau aufforderte, sie beide zur Identifizierung ihres Mannes zu begleiten, da hatte Oberwachtmeisterin Meier lieber komplett weggehört.

Mechthild Ehlers-Wangenberg hatte beim Sortieren der Wäsche am Sonntagnachmittag leider feststellen müssen, dass das Oberhemd ihres Mannes nach Chanel No. 19 roch, einer Duftnote, die nicht zu ihren eigenen Favoriten gehörte. Bonifatius' Erklärungsversuche waren allesamt so erbärmlich, dass Mechthild wütend mit sämtlichen Türen knallte und wüste Scheidungsdrohungen von sich gab, die sie erst einstellte, als Boni ihr seinerseits mit der Sperrung ihrer Kreditkarten drohte. Daraufhin kam es zu einer spontanen, aber heftigen Versöhnung, wie immer. Ein paar neue Ohrringe würden mindestens dabei herausspringen.

Holger Hohrn, der Lokalredakteur des *Ginsberger Tagblatts*, arbeitete intensiv an seinem Exklusivbericht über den Mord an Friedensreich Sowieso. August Bammel hatte ihm für das Versprechen, diesen Artikel erst nach Festsetzung des Täters herauszubringen, sämtliche Details, von denen er Kenntnis hatte, preisgegeben. Sogar, dass der Täter der Stadtkämmerer Alwin Ott wäre. Aber, wie gesagt, das dürfte erst nach der Verhaftung von Ott erscheinen. Bammel schien sich seiner Sache ja ziemlich sicher zu sein.

Inspektor Heuse hatte an diesem Wochenende so viele Überstunden gemacht, dass er noch gar nicht wusste, wann er sie jemals wieder abfeiern könnte. Immerhin hatte er am Freitagabend noch so lange am Fundort der Leiche ausgeharrt, bis sämtliche Spezialisten von der Spurensicherung ihre albernen Köfferchen wieder eingepackt hatten. Dann rief er noch den Chef an, den Oberrat Schnittger, der aus irgendeinem Grund ja besonders an dem Fall interessiert war.

Schnittger seinerseits informierte den Staatsanwalt, der sich augenblicklich fragte, warum Leichen immer zu Beginn eines schönen Wochenendes gefunden werden. Man würde dann ja am Montag zusammentreffen und die Angelegenheit beraten.

Während Benno also immer noch unterwegs war, im Moment befand er sich gerade bei der Aral-Tankstelle an der B 621, begann in Schnittgers Büro ein Gespräch zwischen diesem selbst, Staatsanwalt Ott, Inspektor Heuse und dem „Gast-Star" August Bammel, Polizeioberrat a.D.

Man kam sehr schnell auf die Fakten zu sprechen. Soeben hatte Frau Unstetten-Sowieso die Leiche ihres Mannes identifiziert. Bereits gestern hatte die gerichtsmedizinische Untersuchung (der Gerichtsmediziner hatte sich freundlicherweise nach Ginsberg begeben, er wollte dort anschließend seinen Freund besuchen) ergeben, dass Friedensreich Sowieso durch einen Messerstich in den Rücken umgebracht worden war. Dabei war die Klinge abgebrochen, die noch im Körper des Toten steckte. Die Klinge war sofort nach Wiesbaden geschickt worden, um sie auf mögliche DNA-Spuren des Täters zu untersuchen. Das Ergebnis dieser Untersuchung stand allerdings noch aus.

Es herrschte Einigkeit darüber, dass Gilbert Ott verdächtigt wurde, die Leiche im Wagen der Tipptopp-Reinigung transportiert zu haben. Das war mindestens Beihilfe zum Mord, wenn nicht gar Schlimmeres. Am liebsten hätte der Staatsanwalt ihm nun eine Monopoly-Karte mit der Aufschrift *Gehe in das Gefängnis! Begib dich sofort dorthin! Gehe nicht über LOS! Ziehe nicht DM 4000,-- ein!* zugeschickt. (Staatsanwalt Ott besaß noch ein Monopoly-Spiel aus D-Mark-Zeiten.) Überhaupt war es ja eine Unverschämtheit, dass man seinen guten Namen so in Misskredit brachte.

Man kam aber überein, den Haftbefehl erst zu erlassen, wenn noch weitere Spuren ausgewertet wären. Der Staatsanwalt fand eigentlich, dass das nicht mehr so lange dauern könnte, unterschrieb einen Blanko-Haftbefehl und überreichte ihn Heuse, der sich durch das Vertrauen durchaus geehrt fühlte. Er hätte natürlich auch den Namen seiner Schwiegermutter in das Schreiben einsetzen können.

Nach weiteren gemeinsamen Überlegungen klingelte plötzlich das Telefon. Es kam eine Nachricht vom LKA, dass man verwertbare DNA-Spuren an dem Teilstück der Tatwaffe entdeckt habe.

Damit war eigentlich klar, dass man sich den Herrn Stadtkämmerer Alwin Ott einmal ernsthaft zur Brust nehmen sollte.

An diesem Montag, um genau 12.31 Uhr, begab sich der Stadtkämmerer Alwin Ott von seinem Büro im achten Stockwerk in die Kantine im ersten Stockwerk.

Er wählte normalerweise aus Sparsamkeit das etwas preiswertere Gericht, doch heute konnte er nicht widerstehen, Gericht 2 war nämlich Schweinsbraten mit Rotkohl und Klößen, seine Lieblingsspeise. Dazu gönnte er sich genauso ausnahmsweise eine Flasche Mineralwasser, *Ginsberger Bergquell*, die immerhin 0,60 € kostete.

Um genau 12.28 Uhr war der Lieferwagen der Tipptopp-Reinigung vor dem Hauptportal des Rathauses vorgefahren, als würde ihm gleich die Königin von Cleanland entsteigen.

Benno sprang aus dem Wagen und eilte ins Rathaus.

Der Pförtner blickte erschrocken von seiner Lektüre auf, konnte aber nicht verhindern, dass Benno sich bereits orientiert hatte und den einzigen freien Fahrstuhl für sich in Anspruch nahm.

Um 12.32 Uhr betrat er die Kantine, in der normaler Mittagsbetrieb herrschte. Schätzungsweise 120 Beamte oder Angestellte (für Freunde der weiblichen Formen gab es natürlich auch Beamtinnen und, naja, eben auch Angestellte) standen in der Schlange vor der Essensausgabe oder hatten es sich bereits an den nicht besonders gemütlich wirkenden Tischen bequem gemacht.

Benno merkte, dass er einen Fehler begangen hatte. Er hätte sich ein Bild von Alwin Ott geben lassen sollen, nun wusste er natürlich überhaupt nicht, wie dieser Mensch aussah. Das einzige Bild von ihm, das er besaß, hatte im Tip-Top-Club ja als Zielscheibe für Pfeilwürfe gedient und war nicht mehr dazu angetan, die Physiognomie des Herrn Stadtkämmerers wirklichkeitsgetreu wiederzugeben.

Vielleicht war es ja nur so eine Schnapsidee gewesen, sich den Alwin Ott zu kaufen, aber während der vormittäglichen Tour hatte Benno sich in immer größere Wut über diesen Herrn hineingedacht. Nun wollte er ihn persönlich zur Strecke bringen.

Showdown in der Rathauskantine.

Benno stellte sich breitbeinig in den Mittelgang und behinderte etwas den freien Durchgang einer vollbusigen Angestellten (oder Beamtin? Woran sah man das eigentlich?), die gerade mit einem ebenfalls vollen Suppenteller ihren Lieblingsplatz ansteuerte. Dann atmete er tief ein und rief, so laut und durchdringend er konnte:

„Alwin Ott – wir haben dich! Denk an Friedensreich Sowieso! Du hast ihn ermordet! Sein Blut war an deinen Händen!"

Benno staunte selbst über seine Stimme. Vielleicht sollte er in der nächsten Saison einmal in Salzburg auftreten?

Die gesamte Kantine war erstarrt, als ob sie eingefroren wäre. Nur einem kleinen, unsympathisch aussehenden Herrn in einem abgetragenen hellgrauen Anzug zitterten plötzlich die Hände so sehr, dass er das Tablett mit dem Schweinsbraten und dem teuren Mineralwasser nicht mehr halten konnte und schlicht und einfach fallen ließ.

Alle schauten ihn an.

Alwin Ott hielt sich an der Theke der Essensausgabe fest. Sein Gesicht war puterrot.

„Du hast es getan!", rief Benno erneut.

„Ja, der hat es getan!", rief irgendjemand im Hintergrund, wahrscheinlich jemand, der schon einmal Ärger mit dem Stadtkämmerer gehabt hatte.

Plötzlich kam Leben in die Bude. Zahlreiche andere Leute erhoben ihre Stimmen gegen Ott.

Showdown in der Kantine – okay. Aber Lynchen – no, thanks.

Benno überlegte fieberhaft, wie er die Menge, die ihn für eine Art Zorro zu halten schien, in den Griff bekommen könnte.

Doch plötzlich kam Ott wieder zu sich und sprach zwar hastig, aber laut:

„Ja, verdammt – ich hab' es getan. Einer musste es ja tun! Wisst ihr denn nicht, was hier für ein Teufelswerk an Verschwendung betrieben wird? Ja, ja, Teufelswerk! Teufelswerk!"

Ott wurde immer hysterischer. Er begann zu hüpfen und zu toben wie Rumpelstilzchen höchstpersönlich und schrie nur immer wieder „Teufelswerk! Teufelswerk!"

Höchste Zeit, dass die Kavallerie kam.

Es kam zwar nicht die Kavallerie, aber immerhin der Sheriff in Form von Inspektor Heuse. Sein Auftritt hätte nicht besser getimt sein können. Hinter ihm, sozusagen in zweiter Reihe, standen Oberwachtmeisterin Meier und der riesige Müller Zwo.

„Herr Ott – ich habe hier einen Haftbefehl wegen des Verdachts der Tötung des Stadtrats Friedensreich Sowieso!"

Ott brach seinen hysterischen Teufelstanz ab und ließ sich schlaff auf einen Stuhl gleiten. Heuse gab Meier und Müller Zwo einen Wink.

Man ging ab.

Als letzter ging Benno, mit einer leichten Verbeugung.

Es gab Applaus.

Benno meinte noch „da capo" gehört zu haben, aber er wollte so schnell wie möglich wieder an die frische Luft.

32. Kapitel

Benno saß in seinem kleinen Büro im Haus Hermannstraße Nummer 17. Es war Sonntag, und ausgerechnet heute regnete es Bindfäden.
Iris und die Bremerinnen hatten ihn eigentlich dazu bewegen wollen, sie zu einer Kunstausstellung in Bad Homburg zu begleiten.
Benno hatte abgewinkt, es gäbe noch etwas Schriftliches zu arbeiten, und bei Regenwetter könnte er sich besser konzentrieren.
Eigentlich wollte er seine Abrechnung für den Monat Oktober fertigstellen und eine Rechnung schreiben, er musste aber zu seinem Entsetzen feststellen, dass es niemanden gab, dem er seine Ermittlungen in Rechnung stellen konnte.
Also: Finanzieller Verlust auf der ganzen Linie.
Wenn er nicht seinen Job in der Tipptopp-Reinigung hätte, könnte er einpacken.
Statt besagter Abrechnung schrieb er nun so etwas wie eine Bilanz, die er dann einfach abspeichern und in zehn Jahren löschen würde, falls sein Rechner diesen langen Zeitraum überlebte.

Ich konnte wesentlich zur Festnahme des Stadtkämmerers Alwin Ott beitragen.

Das stank zwar nach Eigenlob, stimmte aber irgendwie schon.

Auch Gilbert Ott wurde wenige Stunden nach der Verhaftung seines Vaters festgenommen. Man wirft ihm Beihilfe zum Mord vor. Wie August mir (über Schnittger natürlich) mitteilte, haben Vattchen und Sohnemann ein umfangreiches Geständnis abgelegt. Danach soll sich die Tat ungefähr so zugetragen haben:
Sowieso war schon längere Zeit Alwin Otts Intimfeind, was auf Gegenseitigkeit beruhte. Die beiden waren öfter aneinander geraten. Alwin Ott soll Material über Sowieso zusammengetragen haben. Er hat ihn auch selbst beobachtet bzw. seinen Sohn damit beauftragt, den Stadtrat zu verfolgen, um Munition für eine Kampagne gegen ihn zu sammeln. So erfuhr Ott auch, dass Sowieso den Tip-Top-Club aufsuchte. An einem Abend, es muss sich um den 14. September gehandelt haben, hat Ott Sowieso auf dem Parkplatz des Clubs aufgelauert, um ihn zur Rede zu stellen und ihn, wie er sich ausdrückte, zur Einkehr zu bewegen.

Alwin Ott war offenbar von einem eigenartigen religiösen Wahn bewegt, der ihm sagte, er könnte verschwenderische oder korrupte Beamte vor der Hölle bewahren. Es kam zu einem heftigen Streit und zu Handgreiflichkeiten. Angeblich soll Sowieso das Messer gezogen haben, Ott habe es ihm entwendet und ihn im Handgemenge erstochen.

Benno stutzte. Handgemenge und dann von hinten erstochen? Welcher Richter sollte denn das glauben?
Er tippte weiter.

Nachdem Sowieso tot vor ihm zusammengebrochen war, soll Ott seinen Sohn angerufen haben, damit er ihm helfen würde, die Leiche zu beseitigen. Es soll ein etwas eigenartiges Verhältnis zwischen Vater und Sohn bestanden haben, der Sohn sei immer fürs Grobe zuständig gewesen, weil er zum Leidwesen seines Vaters nicht intelligent genug gewesen war, eine einigermaßen vernünftige Schulkarriere zustande zu bringen. Gilbert Ott habe zufälligerweise gerade den Lieferwagen der Tipptopp-Reinigung vor seiner Haustür stehen gehabt, er hatte nach Feierabend eine Waschmaschine für einen Bekannten transportiert. Gilbert kam also mit dem Ford Transit, man verfrachtete die Leiche und soll dann einige Zeit ziellos durch die Gegend gefahren sein, bis der Vater vermutlich auf die Idee kam, Sowieso sinnigerweise in seinem letzten großen Bauprojekt einzubetonieren. Dann hat der Sohn wieder die groben Arbeiten übernehmen müssen, was er auch uneingeschränkt zugegeben haben soll.

Benno wunderte sich, dass niemand die nächtlichen Aktivitäten auf der Baustelle bemerkt hatte. Andererseits: Manchmal wurde ja auch nachts gearbeitet.

Am nächsten Tag soll dann ein Wäschesack beim Transport mit Sowiesos Blut befleckt worden sein, was Gilbert Ott angeblich erst später in der Reinigung bemerkt haben will. Zu diesem Zeitpunkt hatte der blutverschmierte Wäschesack wohl schon einige Textilien, die vor der Maschine 1 oder 2 zur Reinigung bereit lagen, berührt, was Ott junior nicht bemerkt haben will. Den verschmierten Wäschesack selbst habe er im Keller mit der Hand ausgewaschen, ebenso die sich darin befind-

lichen Textilien, und diese habe er dann wieder zu den Kleidungsstücken aus den Filialen zurückgelegt.

Es musste doch jemandem wie Jolanthe Widderich aufgefallen sein, dass einige Wäschestücke in feuchtem Zustand abgegeben worden waren. Andererseits: In einer Reinigung gab es täglich so kuriose Dinge, dass sie das vielleicht gar nicht gewundert hat.
Damit wäre doch eigentlich alles geklärt, oder?

Die Frage ist nur, mit welchem Strafmaß Alwin Ott zu rechnen haben dürfte. August meinte, die Verteidigung würde bestimmt auf verminderte Zurechnungsfähigkeit plädieren, was bei seinem Teufelstanz-Auftritt in der Rathauskantine ja auch nahe läge. Gilbert Ott habe sich ja der Beihilfe schuldig gemacht, aber von Beihilfe zum Mord könnte man wohl nicht reden, falls sich herausstellt, dass Sowieso der ursprüngliche Besitzer des Messers war. Und: Seinem Vater aus der Patsche zu helfen, da durfte wohl jeder mit einem gewissen Verständnis rechnen. Der Prozess bleibt also abzuwarten.

Wie Benno die Urbacher Justiz kannte, durfte es sich schätzungsweise noch um mindestens ein halbes Jahr handeln.
Er hatte Joachim Heynrich bereits zugesichert, dass er seine Tätigkeit als Fahrer in der Tipptopp-Reinigung noch so lange fortsetzen würde, bis Gilbert Ott wieder da wäre. Falls die Reinigung Gilbert Ott überhaupt noch weiter beschäftigen wollte, denn Volkert Heynrich war ja immerhin zunächst wegen der Tat verhaftet worden, die Ott & Ott begangen hatten. Andererseits: Unter dem Aspekt der Resozialisierung
...

Der Waldpuff ist und bleibt geschlossen. Unter der Hand soll es bereits ein Gerücht geben: Wenn die so genannten Gesellschafter die Liegenschaft mit Gebäude sang- und klanglos an der Kreis abgeben (aber welchen???), dann würden ihre Machenschaften nicht weiter verfolgt werden. Angeblich redet man bereits von Plänen, dort ein Müttergenesungsheim zu eröffnen. Eine gewisse Molina Schmitt aus Frankfurt, diplomierte Krankenschwester, soll schon in dieser Richtung vorgefühlt haben.

Da durfte man ja mal gespannt sein, was das für eine Art von Erholungsheim werden würde.

Aber, gab es sonst noch ungeklärte Fragen?

Kommen wir zum privaten Bereich. Nein, noch eine Zwischenbemerkung: Bin eigentlich ganz froh, dass ich den Job in der Reinigung noch habe. Ende der Durchsage.

Weiter im Text: Die Bremerinnen werden uns wieder verlassen. Gestern war ein Brief aus Dänemark im Briefkasten, adressiert an die Mystic Girls, c/o Jenssen *usw. Darin war eine Einladung von einem Kopenhagener Nachtclub, dort einmal vorzuspielen. Reisespesen et cetera würden erstattet werden. Die Mädels sind sofort voll darauf abgefahren.*

Es war aber schon ein bisschen seltsam. Woher hatten die Dänen wohl seine Adresse? Egal, in einigen Tagen würde sich wohl auch das noch aufklären.

Benno lehnte sich einigermaßen zufrieden zurück und zündete seine Sonntagspfeife an.

In diesem Moment klingelte das Telefon. August Bammel war am Apparat. Er sprach leise, so als ob er vermeiden wollte, dass irgendjemand ihn belauschte:

„Hallo, Benno, du musst mir unbedingt helfen. Seit drei Tagen ist meine Frau ja wieder aus Köln zurück. Du, die hat sich vollkommen verändert, neue Frisur, Make-up und so weiter. Ich habe da so ein ungutes Gefühl. Es wäre nett, wenn du sie – vielleicht zu einem Freundschaftspreis – mal eine Zeitlang beobachten ..."